KB117161

그대여, 아무 걱정하지 말아요.

아픈 기억들 모두 그대 가슴에 깊이 묻어버리고……

걱정 말아요! 그대

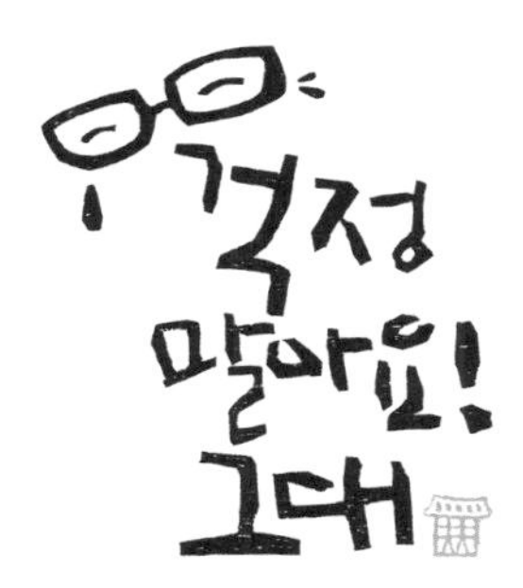

JTBC 「김제동의 톡투유」 제작팀 지음 | 버닝피치 그림

중앙books

이제 당신에게 마이크를 드립니다

「김제동의 톡투유」라고 불리지만 여러분들의 「톡투유」였습니다. 그렇죠? 가장 먼저 녹화장을 찾아주셨던 한 분 한 분께, 그리고 집에서, 버스 안에서, 지하철에서, 길을 걸으면서도 「톡투유」를 마음에 담아주신 분들께 고맙다는 인사를 전합니다. 손석희 형님과 우리 제작진 한 분 한 분께도 2등으로 인사를 전해요. 이 프로그램의 엄마, 아빠들이라고 할 수 있겠네요.

처음 「톡투유」를 시작할 때 '과연 어떤 방송이 탄생할까' 저를 포함해서 많은 사람들이 의문을 품었지만, 그 어떤 패널 못지않은 웃음과 이야기들을 내어주신 여러분들 모습에 모두가 함께 고개를 끄덕일 수 있었습니다. 「톡투유」는 지켜보는 사람이 아니라 함께 발을 담그는 사람들의 것이에요. 서먹서먹하던 사람들이 함께 목욕하고, 수영도 하고 나면 어느새 친해져 있듯이, 우리 모두 어린 날 개울가에서 장난치던 아이들처럼 그렇게 몸짓들로 어우러진 1년이었어요. 함께해 주셔서 감사합니다.

무엇보다 재미있었어요. '모든 사람들의 이야기는 재밌다.' '모든 사람들의 이야기는 들을 가치가 있다.' 이것이 저의 생각입니다. 그리고 여러분들이 증명해 주셨습니다. 힘 있는 사람의 이야기가 아니더라도, 유명한 사람의 이야기가 아니더라도, 우리들 이야기만으로도 충분했지요. 그렇게 밤새 떠들고, 웃고, 울던 날들을 우리가 만들었습니다. 앞으로도 그럴 거고요.

민주주의라는 게 별 건가요. 사람들이 마이크를 잡는 거죠.
이야기가 너무 거창하게 흐르기 전에 마무리 지어야겠습니다.
우리들의 이야기, 우리들의 웃음, 우리들의 울음, 우리들의 가치.
방송으로 책으로 함께해요.
'우리는 모두 아프다. 그래서 서로를 치유할 수 있다.'
어떤가요?
서로에게 어깨를 살포시 내어보아요.
그리고 같이 걸어볼까요? 지금부터…….

- 2016년 봄날,
「톡투유」의 우리 중 한 사람,
김제동 두 손 모음.

타인의 삶까지도 사랑하는 것이 틀림없는
사람들의 선한 눈빛을 본다

- 손석희, JTBC 보도국 사장

「김제동의 톡투유」가 기획된 것은 JTBC가 생겨나기도 훨씬 전인 대략 십 년쯤 전의 일이다. 무슨 얘기인가 하겠지만 사실이다. 나는 당시 문화방송에서 「백분토론」을 진행하고 있었는데, 이견들이 살벌하게 부딪히는 토론의 한 가운데서 늘 '공존과 공감의 장을 텔레비전이 만들 수는 없을까'를 생각했다. 그러나 치열함이 대중성을 획득하게 하는 가장 큰 도구가 되는 토론 프로그램에서 그런 생각은 이상에 지나지 않았다. 실제로 당시에 나는 몇 번인가 대학 순회 토론을 정기적으로 하자고 제안하기도 했지만, 이런 제안은 늘 현실의 벽에 부딪혔다. 비록 토론의 형식을 갖고 있더라도, 토론이 스튜디오에 갇혀 있는 것보다 많은 청중들과 함께함으로써 보다 더 현안에 대한 이해와 공감의 폭을 넓힐 수 있으리라는 내 생각은 우선 제작진으로부터도 공감을 사지 못한 모양이었다. 그러는 사이에 나는 「백분토론」을 떠났고, 머릿속에만 있던 이런 기획은 잊혀졌다.

그 기획이 다시 머릿속에 떠오른 것은 내가 JTBC로 온 지 1년쯤 지난 2014년 여름이었다. 공중파의 상대적으로 느긋한 편성 환경 속에 있다가 이곳으로 옮겨온 나는 프로그램의 생사가 훨씬 더 짧은 시간 안에 결정되는 환경에 놀라지 않을 수 없었다. 대부분의 신생 채널들이 그 속에서 살아남기 위해 자극적이고 공격적인 토크쇼를 양산했다. 개인에 대한 인신공격이나 확인되지도 않은 사실들이 이른바 '평론가'들에 의해 운위되어도 그만인……. 내게는 매우 충격적이었다. 내가 보기에 적어도 JTBC의 프로그램들은 그 전장에서 떨어져 나와 있었지만, 그런 만큼 우리만의 새로운 프로그램 구축이 필요했다. 그 와중에 다시 떠올린 것이 십 년 전에 생각했던 바로 그 기획이었던 것이다.

그리고 이 새로운 기획을 가능하게 해줄 사람이 김제동이었다. 나는 그와 속속들이는 아니라도 웬만큼은 잘 아는 사이이다. 그가 「톡투유」 첫 회에서 토로했던 것처럼 나는 김제동을 「백분토론」에 끌어들였던 사람이고, 내가 기억하는 한 그가 우리 사회에 대한 나름의 철학을 본격적으로 말하기 시작한 것이 바로 그때의 「백분토론」 이후였다. 그래서 그가 '이렇게 된 것이 그때 손석희를 만났기 때문이다'라고 주장해도 내가 크게 할 말은 없다. 물론 '이렇게 된 것'이 꼭 나쁜 것이냐고 되물을 수는 있겠지만……. 아무튼 김제동만큼 청중과 몸과 마음으로 일체화 될 수 있는 진행자는 별로 없다. 그래서 「톡투유」는 그 앞에 '김제동'을 빼놓고는 성립하기 어려운 것이다.

물론 내가 생각하고 있던 것이 지금의 프로그램과 똑같은 것은 아니었다. 나는 그저 대강을 생각하고 있었을 뿐이며, 이영배 보도제작부장과 이민수 프로듀서가 실질적인 프로그램의 모든 것을 만들어 냈다. 그들의 창의성과 열성은 이 프로그램의 근간이다. '이 프로그램이 정말 그 딱딱한 보도본부에서 만드는 프로그램이 맞느냐'는 의심(?)을 받게 하는 가장 큰 이유는 이민수 프로듀서 등 제작진의 반짝이는 아이디어 때문일 것이다. 김제동과 함께 이 프로그램을 이끌어가는 최진기 선생이나 카이스트의 정재승 교수, 다음 소프트의 송길영 부사장, 요조, 그리고 옥상달빛…… 모두가 깊이깊이 감사할 사람들이다. 그들은 마치 오래 전부터 그 자리에 있었던 것처럼 느껴지곤 한다. 그만큼 이 프로그램에 어울리는 사람들이다.

그러나 누구보다도 이 프로그램의 주인공은 청중들이다. '당신의 이야기가 대본입니다'라는 말은 괜히 생긴 말이 아니라는 것을 매회 시청하는 분들은 안다. 청중들이 주는 웃음과 눈물은 「김제동의 톡투유」가 존재하는 이유이다. 아니, 사실은 나는 그들의 말이 아니라 그들의 눈빛을 더 좋아한다. 화면에 비친 그들의 눈빛은 참으로 맑다. 타인의 삶까지도 사랑하는 것이 틀림없는 그들의 선한 눈빛을 담아낼 수 있다는 것은 아무 프로그램이나 할 수 있는 일이 아니다.

| 목차 |

프로로그 … 10

추천의 글 … 12

「톡투유」와 함께하는 사람들 … 20

PART 01

며칠째 웃지 않는 당신에게

끄적끄적 … 25

'이렇게 쉽게 즐겁더라'에 대하여 … 26

살자니 지랄 맞고 죽자니 청춘이구나 … 28

아저씨처럼 되고 싶어요 … 29

서럽다 진짜 … 30

당신의 처음을 응원합니다 … 32

스물다섯의 스페인과 마흔둘의 스페인 … 33

세상 무엇보다 더 … 36

나이 서른과 똥값의 관계 … 37

내 나이 마흔에도 봄이 올까 … 39

오늘은 몇 번째 계단일까요? … 40

나를 위해 쓰는 돈, 0원 … 41

걱정이 많은 게 걱정 … 43

비가 온다고 화낼 건가요? … 44

혼자 먹는 밥이 편해요 … 46

같이 화내고 같이 웃어줘요 … 47

중독일까, 아닐까 … 48

아무 생각도 안 하고 싶어서 … 49

빗방울 떨어지듯이 천천히 … 50

오늘이 불안한 사람들 … 51

지금쯤, 돌아볼 것 … 52

조건 없이 나를 좋아해주는 존재 … 53

택배 기사님이 안 오면 초조해요 … 54

독립한 지 두 달, 집이 무서워요 … 56
어느 날의 대화 1 … 58
어느 날의 대화 2 … 59
그냥 좋아해요 … 60
모두 꽃이다 … 61
휴식한다는 것 … 62
최고의 휴식 … 64
내 휴가 내가 쓰는데 눈치가 보여요 … 65
쉬는 것은 죄가 아니다 … 66
영화감독의 쉬는 시간 … 67
뜨거운 아이스크림 … 68
진짜 우리의 시간 … 69
못생겨지고 있어요 … 70
'친구가 되었다'는 말의 무게 … 71
가장 안전한 비밀번호를 제공하는 존재 … 72
나에게 친구란? … 74
나쁜 사람 콤플렉스 … 75
뭐가 그렇게 죄송한지 … 76
좋은 일 바이러스 … 77

PART 02

내내 어여쁜 당신에게

당신의 연애를 응원합니다 … 81
나만의 100% … 83
꿈같은 결혼식 … 85
세상에 단 한 사람 … 86
진심을 담아서 … 87
이틀 전에 차였어요 … 90
병장 되면 다시 생길 거야 … 92
다 같이 겪어보자. 덜 아프게 … 94
연애와 도박의 공통점 … 95
저보다 말랐어요. 남친이요 … 97
근육이 마비될 때까지 운동을 해도 그녀가 잊히지 않네요 … 98
하고 싶어 … 99
둘이라는 느낌을 알고 싶어요 … 100
공허한 마음은 어쩔 수 없어요 … 102
좋은 남자 구분법 … 104
평온한 싱글 라이프를 허하라 … 105
남편이 미식가입니다. 저 힘들겠지요? … 107
남편, 날 여자로 좀 봐줘 … 108
늘 설레지는 않지만 … 110
대화할 때 말보다 중요한 것 … 111
너 지금 뭐해? … 112
여자로 태어나서 좋은 것 … 114
남자도 공감을 원해 … 115
남자가 요리까지 잘해야 하나요? … 116
웃는 연습을 하는 아빠 … 117
남자, 장남, 아버지의 무게. 결과는 원형탈모! … 118

PART 03

취한 배 위의 당신에게

우리 삶이 점점 더 팍팍하게 느껴지는 이유 … 123
돈 없어도 '이런 느낌'이면 살 수 있겠다 싶을 때 … 125
'취향존중'해줘요 … 126
편견은 왜 위험한가 … 127
이야기를 나누기 전에는 몰랐던 것들 … 128
'무엇이 될 것인가'가 아니라 '어떻게 살 것인가' … 129
투명하고 싶은 학교 밖 청소년입니다 … 130
저 농사지어요 … 132
너희 집은 몇 평이야? … 134
사회과학자에게 폭력이란 … 135
자신의 뒷담화를 한 후배들 때문에
괴로워하는 청중에게 … 136
면접장에서의 언어폭력을 호소하는 학생에게 … 137
성폭력에 대한 사연을 읽고 … 138
경쟁, 그만하고 싶다 … 139
누구의 잘못도 아닌 일 … 140
사춘기 소년소녀에게 정치란? … 141
면접이 아니라 공포체험 … 142
뭐가 중요했는지 다시 생각해요 … 144
내 아이보다 먼저 죽을까봐 공포 … 145
수없이 외웠던 정답을 쓰지 못한 날 … 146
너넨 왜 이상한 줄임말을 쓰는 거야? … 148
손 잡아주세요 … 150
숫자 2와 사람들 … 151
제2의 인생을 살다 … 153
누군가에게는 1등 … 154
니들이 둘째의 설움을 알아? … 155
'2'라서 행복한 것들 … 157
보복 운전과 우리 사회의 관계 … 158
아는 사람의 힘 … 159
열정 페이 같은 소리하고 있네 … 160
시간이 빨리 가는 이유 … 162
시간 강박증 때문에 괴로워하는 사람에게 … 164
돌고 도는 이야기 … 166
비정상으로 분류되는 것들 … 168
힙합에 빠진 엄마. 쇼미더마미! … 169
내 얼굴은 비정상인가 … 170
한국에서 아름다운 것 … 171
시험이 쉬웠으면 좋겠어요 … 172
시를 외우는 사람들 … 174

PART 04

내가 곁에 있어 줄게요

네 걱정을 하다가 그만 … 181

원더우먼인 줄 알았던 울 엄마,
점점 할머니가 되어 갑니다 … 182

애초에 원더우먼은 존재하지 않았어요 … 184

사소한 순간에 사랑을 느낍니다 … 185

너만이 나에게 … 186

어떤 존재가 반갑다는 것 … 187

아니야, 내가 미안해 … 188

이런 밥 먹고 싶다 … 190

조용한 공간이 주는 위안 … 192

산후우울증으로 힘들었던 사람에게 … 193

자아가 생긴 열 살 아이 때문에 … 194

초등학생과 야동의 관계 … 196

동생의 중2병 … 198

10년간 못 쉰 아내를 위해 방청 신청했어요 … 200

평생 휴가 올인했어요 … 201

언니, 이제는 편히 쉬어 … 203

이유 없이 우울할 때 … 206

내 마음 알아주기를 … 207

네가 최고라니까. 속고만 살았냐 … 209

쉽게 살아요 … 210

할머니의 잔소리 … 211

명절날, 이 한마디를 기억하자 … 213

매일매일 실전훈련 … 214

아줌마가 되어서 행복한 순간 … 216

아들과의 시간을 되돌리고 싶은 아빠 … 218

나에게 하루가 주어진다면
누군가와 이렇게 보내고 싶다 … 221

묵묵한 사람들 … 222

불금마다 술 권하는 부모님. 저 고3인데! … 224

우리 엄마가 최고인 이유 … 227

요조와 옥상달빛이 들려준 노래들 … 230

「톡투유」에서 있었던 일 … 234

에필로그 … 238

「톡투유」와 함께하는 사람들

제동

수많은 관객들과 함께 있을 때 반짝반짝 빛을 발하는 MC 김제동. 정해진 대본 없이 사람들의 속마음까지 파고드는 입담과 소탈하고 유쾌한 웃음으로 프로그램을 이끌어가고 있다. 행복과 아픔을 어루만지는 공감력이 그의 가장 큰 무기다. 매 녹화 때마다 함께 웃는 시간의 소중함을 절감한다는 그는 "늘 지금처럼 사람들 이야기 들어주며 늙고 싶다"고 말한다.

진기

학생들에게는 수능을, 성인에게는 인문학을 강의하는 강사 최진기. 매회 주제와 관련된 사회과학적 이슈와 통계치를 내어놓아 출연진과 청중들을 놀라게 하고 있다. 대체로 냉철한 시각을 유지하지만 불합리한 사연을 들으면 가장 뜨겁게 반응하며 한 편이 되어주는 의리 넘치는 남자다.

요조

톡투유에서 공감과 노래를 담당하는 싱어송라이터. '홍대여신' 출신다운 청아한 목소리로 사람들에게 열 마디 말보다 더 큰 위안을 주고 있다. 가끔씩 문제 상황을 한 방에 정리하는 촌철살인 멘트를 던져 다른 패널들로 하여금 "학문적 분석 따위는 넣어두겠다"는 말을 듣기도 한다.

길영

사람들이 남긴 흔적을 모아서 마음 캐는 일을 하는 송길영. 전공을 기술에서 사람 마음 읽는 일로 바꿨을 때 가장 행복했다는 그는 빅데이터 전문가답게 주제와 관련된 다양한 키워드를 던지고 있다. 때로는 데이터를 능가하는 통찰력으로 청중의 마음을 달래곤 한다.

청중들

이 프로그램의 실질적인 주인공. 서로의 삶을 이야기하고, 들어주고, 공감하는 과정에서 좋은 에너지를 뿜어내고 있다. 때로 누군가가 눈물을 흘리면 휴지를 건네고, 위트 있는 스케치북 문구에 함께 까르륵 웃고, 가장 현실적인 조언을 해주는 것 또한 이들의 몫이다. 그러다 보면 아프거나 힘든 부분은 저절로 잠시 내려놓게 되는, 기적 같은 순간도 일어난다.

이밖에 함께 이야기 나눈 패널 서천석, 송형석, 옥상달빛, 게스트 강풀, 김종민, 이본, 신보라, 박혜진, 최현석, 임수정, 곽정은, 채사장, 권소현, 홍진영, 류승완, 홍진호, 안영미, 알베르토, 김풍, 유상무, 박성광, 김원준, 최수영, 윤도현, 조재현, 정성화, 지현우 님 고맙습니다. (「김제동의 톡투유」 25화 기준)

PART 01
며칠째 웃지 않는 당신에게

끄적끄적

제동 (스케치북과 펜을 들고 있는 청중들에게)

주제에 대해서 하고 싶은 이야기를 자유롭게 써주세요.

보통 글을 쓰면 그 자체만으로도 감정이 해소된다고 하잖아요.

그런 느낌을 담담하게 적어보셔도 좋을 거 같아요.

시험 보는 거 아니니까 그냥 편안하게 쓰세요.

……

이런 분위기 좋아요. 두런두런 하면서 뭔가 적을 때.

어떤 느낌인지 아시죠?

평생 이렇게만 살았으면 좋겠어요.

'이렇게 쉽게 즐겁더라'에 대하여

sketchbook

치킨 먹을 때

애들도 남편도 다 잘 때

봉사활동으로 벽화 그릴 때

오랜만에 입은 옷에서 돈 나올 때

한밤중 늦게 집에 갔는데 주차할 자리가 있을 때

내 새끼들 깔깔 웃을 때

공공의 적 뒷담화 할 때

비스트 콘서트 볼 때

7개월 된 아이와 산책할 때

좋아하는 책 다시 읽을 때

늦잠 자고 일어나서 빨래할 때

커피 한잔 내려서 진한 향 맡으며 마실 때

퇴근했는데 우리 강아지가 뽀뽀해줄 때

새벽, 조용할 때……

제동 새벽에 조용할 때 왜 좋으세요?

청중 그냥 모든 소리가 다 들리는 거 같아요. 집 앞에 산이 있거든요. 바람이 불면 바람소리가 들어오는데 그게 참 마음을 편안하게 해줘요. 그때가 제일 좋은 거 같아요.

살자니 지랄 맞고 죽자니 청춘이구나

제동 한 편의 시조다, 시조. 제가 답가 할까요?
'지랄 같아도 살아지고, 그러다 보니 청춘도 갔다.'
근데 왜 이렇게 적으셨어요?

신입사원 제가 사회 초년생이라서요.
입사한 지 한 달밖에 안됐거든요.

제동 회사가 지랄 같으세요?

신입사원 헉, 절대!

제동 하하하.

신입사원 열심히 하려고 하는데 처음이라서 잘 안되잖아요. 빨리 늘었으면 좋겠는데 제 맘대로 안 되니까 속상합니다.

제동 저도 그럴 때가 있어요. 누가 잘해주고 못해주고 이런 걸 다 떠나서 스스로. 근데 우리 조금 대충 삽시다. 열심히 살자는 말 너무 무서워요. 대충 웃으면서 삽시다.

아저씨처럼 되고 싶어요

제동 저처럼 되고 싶다는 것은 아마 그냥 '김제동'처럼 되고 싶다는 게 아니고 자기 의견을 잘 말하고 싶다, 그리고 그 말이 영향력이 있었으면 좋겠다는 얘기인 거 같아요. 그렇죠?

고3 네.

제동 말을 잘하기 위해서 제가 생각하는 가장 중요한 방법은 사람을 좋아하는 거예요. 싫어하는 사람에게 나를 표현하고 싶은 사람은 없잖아요. 나를 괴롭힌 사람에게 다음 날 갑자기 "재밌는 얘기 있는데 들어보실래요?" 이러는 사람은 없죠. 그래서 말을 걸고 싶다는 건 그 사람을 좋아한다는 거고, 그 사람을 웃기고 싶다는 건 그 사람을 사랑한다는 증거예요. 또 반대로 누군가의 얘기를 듣고 웃고 있다면 그를 인정하고 사랑하는 증거이기도 하고요.
그러니까 담뿍 좋아하고, 담뿍 사랑하세요. 그 노력을 하는 것이 가장 좋아요. 다른 스피치 기술 같은 건 다음 문제라고 생각해요.

제동 근데 형이라니까.

고3 네, 형.

서럽다 진짜

여자 졸업하고 지금 놀고 있는데 주변에서 자꾸 스트레스 줘요. 편하게 못 놀겠어요. 가족들도 그렇고 만나는 사람마다 물어봐요. "취직 생각이 없냐." 당연히 있어요. "앞으로 어떻게 할 거냐." 저도 몰라요.

제동 무의식중에 튀어나오는 질문들이 힘든 상황에 있는 사람한테는 제일 스트레스인가 봐요. 취직 생각을 물어서 생각 있다고 하면 어떻게 해줄 것도 아니면서. 만약 반대로 생각 없다고 하면 "그러면 안 된다"고 하잖아요. 안 그래도 취업 안 돼서 속상해 죽겠는데, 그렇죠? 열 받고 서러운 게 당연해요.

여자 눈물 나요. 어머, 나 왜 이래. 서러운 거라고 하시니까 더 서러워요.

제동 아이고. 주위에서 어떻게 해줬으면 좋겠어요?

여자 저 그동안 계속 조마조마해하느라 마음 편히 쉬어본 적 없거든요. 올해 말까지는 여행도 가고 제가 하고 싶은 일 해볼 거예요. 그러는 동안 내버려뒀으면 좋겠어요. 근데…… 이렇게 길게 이야기할 생각은 없었는데…….

제동 이렇게 한 번씩 털고 그러는 거죠. 요새 젊은 사람들 마음이 그렇다는 것도 알리고.

당신의 처음을 응원합니다

길영

우리는 수많은 '처음'을 겪으며 인생을 보내고 있습니다. 새해 첫날, 첫사랑, 첫이별 등등. 그중에 제일 예쁜 말은 첫 걸음인 거 같아요. 뒤뚱뒤뚱 한 발을 겨우 뗐을 때 아이의 얼굴에는 성취감에서 비롯된 환한 웃음이 나옵니다. 이 단어를 보자마자 생각난 것은, 처음을 응원하고 싶다는 것이었어요.
예를 들어서 많은 기업들이 신입을 뽑지 않습니다. 심지어 알바도 경력자를 선호해요. 하지만 모든 처음은 어색하고 서툴게 마련이고, 누구나 처음이 있어야 그다음이 있지 않나요? 우리가 상대방의 처음에 대해 너무 심한 잣대를 들이대고, 기회조차 주지 않는다는 생각이 들었습니다.
누구나의 처음을 너그럽게 봐주고 응원하는 사회가 됐으면 좋겠어요.

스물다섯의 스페인과 마흔둘의 스페인

대학생 25살 여자인데 이제 대학교 4학년이에요. 한 번 휴학했었는데 다른 나라에 가서 공부해보려고 또 휴학하려니까 다들 말리더라고요. 여자는 나이도 스펙이니까 한 살이라도 어릴 때 취업을 하라고. 그래서 고민 중이에요.

제동 다른 나라는 어디 가고 싶어요?

대학생 스페인이요. 작년에 여행 갔었는데 참 좋았어요. 근데 제가 원하는 걸 쫓아가다가 혹시 실패하면 다시 돌아올 수 없을까봐 고민을 계속 하게 돼요.

제동 그런 고민은 사실 제 나이, 마흔둘에도 늘 있거든요. 이래라저래라 할 수는 없지만 만약 제가 오빠면 이런 얘기하는 여동생에게 가라고 할 것 같아요. 경비만 네가 부담한다면! 하하. "스물다섯에 가는 스페인이랑 마흔둘에 가는 스페인은 완전히 다를 수 있잖아. 스페인도 변하겠지만 너도 변할 거고. 이렇게까지 가고 싶을 때 스스로에게 그 정도 시간도 못 주겠니?" 아마 이렇게 말하겠지요.

대학생 그럼 가는 게 맞을까요?

제동 여기부터는 본인 선택이에요. 어지간히 가고 싶은가 보다.

대학생 네. 꼭 스페인이 아니더라도.

제동 여기를 떠나고 싶구나.

대학생 네, 너무 힘들어요. 취업 준비하는 것.

제동 어디 멀리 다녀오면 한국에 취업할 자리 났으면 좋겠지요?

대학생 네. 저만의 자리가 생겼으면 좋겠어요.

임수정(게스트) 인생에서 지금 가고 싶은 곳에 다녀오는 것 괜찮지 않을까요? 자신이 원하는 뭔가가 있으면 짧게라도 스스로에게 해줘야 한다고 생각하거든요. 자세히 들여다보면 그걸 원하는 이유가 있을 거예요. 내가 왜 여기를 벗어나서 다른 나라로 가고 싶지? 다른 나라에 가면 거기서 또 뭔가 느끼는 게 있잖아요. 그게 답이 되어줄 거라고 생각해요. 지금 너무 예뻐요. 얼마든지 기회도 찾을 수 있고요. 스물다섯은 신입사원 되는 것만 중요한 나이가 아니에요.

Spain

세상 무엇보다 더

청중 30년 만에 병가 내고 3개월 쉬는 중이에요. 지금 되게 행복해요. 그동안 쉬어본 적이 없었거든요.

제동 에고 편찮으시구나. 쉬면서 뭐하니까 제일 좋으세요?

청중 해보고 싶은 게 많았는데 제일 배우고 싶었던 거 배우고 있어요.

제동 뭐 배우시는데요?

청중 창피한데…….

제동 괜찮아요 뭐든.

청중 솔직히 제가 글씨를 잘 못 써요. 그래서 글씨 교정 받고 있어요.

제동 아, 그러세요? 멋있다. 그게 왜 창피해요?

청중 창피하죠.

제동 (스케치북 보며) 잘 쓰셨는데요?

청중 앞에 더 잘 쓴 것 있어요!

제동 하하하. 명필입니다. 내용도 좋아요.

나이 서른과 똥값의 관계

청중 남동생이 자꾸만 저한테 "누나 시집 언제 갈 거야? 서른이면 이제 똥값이야"라고 그래요.

제동 사회과학적으로 나이 서른과 똥값은 어떤 관계가 있습니까?

진기 안티 에이징 문화가 상당히 무서운 거예요. 나이 먹는 건 병이 아니거든요. 물론 점점 죽음에 가까워지기는 하죠. 젊은 친구들은 모르겠지만 나이가 들수록 죽음에 대한 공포는 구체화됩니다. 그런 과정에서 사람은 성숙해지고, 이건 굉장히 자연스러운 현상이에요. 그런데 한국사회는 특히 두 가지를 병 취급해요. 하나는 못생긴 외모, 또 하나는 늙은 나이. 이건 죄도 아니고 병도 아닙니다.

이본(게스트) 며칠 전에도 지인이 나이 먹는다고 걱정을 하더라고요. 저는 그냥 이렇게 얘기했어요. "매년 한 살씩 다 같이 맛있게 먹는데 뭘 그리 걱정하냐"고요. 너무 당연한 거라서 심각하게 고민해보지 않았어요.

내 나이 마흔에도 봄이 올까

청중1 서른아홉 살인데, 마흔에도 꽃다운 봄이 찾아올까요?

제동 저는 마흔 넘어서부터 인생에서 가장 행복한 순간들을 보내고 있어요. 되게 편해요. 무슨 일이 있어도 '그럴 만한 이유가 있겠지', 누가 화를 내면 '네가 기분이 안 좋은가 보다' 할 줄 알게 됐다고 할까. 마흔이 되는 게 두려웠었는데 지금은 좋아요. 여전히 쉰, 예순이 되는 건 두렵지만요.

청중2 저는 마흔이 지나고 전성기가 왔어요. 여기서 전성기라는 건 경제적인 측면이 아니라 '마음'에 있어서예요. 기사에서 봤는데 판단력 같은 것은 중년에 가장 좋다고 합니다. 여러모로 지금이 참 좋아요.

(청중들 박수)

오늘은 몇 번째 계단일까요?

청중 노래를 엄청 잘하고 싶어요.

제동 가수가 꿈인가요?

청중 모르겠어요. 엄청 잘하면 그렇게 되겠죠? 부모님 몰래 3년째 학원 다니고 있거든요. 보험일 해서 돈 벌고 있고요.

제동 아, 요즘은 다들 하고 싶은 게 뭔지 잘 모르겠다고 하는데. 그렇게까지 하고 싶은 게 있는 건 되게 좋은 거지요?

청중 네. 원래는 시각디자인 전공을 했다가 졸업하고 나니까 '내가 뭘 한 거지' 하는 느낌이 들었어요. 졸업 전에 혼자 노래 배우고 연습하고 그랬는데 앞으로 해야 될 일보다 그때 하고 있는 일이 너무 재밌는 거예요. 어느 순간부터는 이거 말고는 내 삶에서 행복한 게 없겠다 싶더라고요.

제동 노래할 때 어떤 느낌이 드세요?

청중 제가 마약 해본 적은 없지만, 약을 한다면 이런 느낌일 것 같아요.

나를 위해 쓰는 돈, 0원

청중1 노후 준비도 해야 하고, 앞으로 저랑 동생 혼자 키우신 어머니 생각도 해야 한다는 생각을 하다 보면 복잡해져요. 인간관계 같은 것은 포기한지 오래고요. 돈 쓰려고 하면 너무 아까워요. 어머니가 워낙 힘들게 사셔서……. (눈물)

제동 지금 휴지 건네주신 분, 해주고 싶은 말 있으세요?

청중2 죄책감 가지시는 부분은 굉장히 인간적인 감정인 것 같아요. 하지만 그것에만 얽매여서 아무것도 누리지 못하면 나중에 후회가 되지 않을까요? 너무 착하시고, 자격 있으신 분 같은데 좀 더 스스로를 좋아하면서 즐거운 투자도 하셨으면 좋겠어요.

제동 저도 예전엔 밥값조차 아까울 때가 있었는데, 요즘은 저한테 예쁜 옷도 가끔 사주고 그래요. 우리 모두 그럴 자격 있어요.

걱정이 많은 게 걱정

청중1 오늘 한 일을 되돌아보면 항상 똑같은 거 같고, 시간을 너무 의미 없이 보내는 건 아닌지 걱정됩니다. 마음 편히 행복하고 싶어요.

청중2 한 영화감독의 인터뷰에서 본 건데, 어릴 때 한 10년 동안 만화만 봤대요. 그걸 보고 저 분의 부모님은 얼마나 걱정을 했을까 싶더라고요. 하지만 그러면서 서사를 알게 되고…… 굉장히 많은 일들이 그 우주 안에서 있었던 거잖아요. 그런 시간은 존중받아야 한다고 생각합니다. 고민이 있으면 그게 끝날 때까지 그냥 고민만 해도 괜찮지 않을까요? 아무것도 하지 않는 시간도 격려해줬으면 좋겠어요. 이런 얘기가 도움이 될진 모르겠네요.

제동 그 말에 한 표 던집니다. 의미 없다고 생각되는 시간도 사실은 의미가 없는 게 아니라는 생각에요.
그나저나 전 존중, 격려 이런 단어만 들어도 울컥울컥 하네요.

비가 온다고 화낼 건가요?

제동

어떤 사람이 계속 화를 내서 견디기가 힘들었어요. 보고 있으면 '왜 이렇게 화를 낼까' 하는 생각만 들고, 나중에는 저도 화가 나는 거예요. 그러니 마주치기가 싫었고요.
그런데 누군가 저에게 "사람 볼 때 날씨처럼 보라"고 말해줬어요. 비 내리면 우산 쓰죠? 햇살 좋으면 산책하고요. 추우면 옷 껴입고, 더우면 벗어야죠. 옷을 얇게 입고 싶다고 내 마음을 주장하면서 추운 날씨를 탓하면 아무 소용없지요. 상대방이 나와 맞지 않으면 '비가 내리는구나' 하고 우산을 씁시다. 그대로 둘 줄 아는 것도 괜찮은 방법인 거 같아요.

혼자 먹는 밥이 편해요

청중 저는 40대이고요, 어릴 때는 주위 시선이 신경 쓰였는데 이제는 저에게만 집중하게 됐어요. 그래서 혼자 먹는 게 편하고, 혼자 영화 보는 게 편하고, 뭐든 혼자 하는 게 편해졌어요. 지금 상태가 좋기는 하지만 너무 스스로에게만 갇혀 있는 것이 아닌가 고민이 됐습니다.

제동 맞아요. 어릴 때는 혼자 먹을 일 있으면 괜히 책 꺼내놓고, 전화하는 척하고 그랬는데.

요조 저도 대학 다닐 때부터 불편한 사람하고 같이 먹느니 혼자 먹는 게 훨씬 좋았어요.

최현석(게스트) 요즘에는 '혼밥(혼자 밥 먹기)'이라는 단어가 생길 정도로 혼자 식사하는 분들이 많아졌어요. 자기 시간을 자기가 쓰는 건데 창피할 필요도, 불쌍하게 볼 필요도 없다고 봅니다. 자연스럽게 맛있는 것 즐기면 된다고 생각해요.

같이 화내고 같이 웃어줘요

제동　제가 어느 날 아파트 반장 아주머니랑 싸웠어요. 분리수거를 하러 나갔는데 오늘이 아니라는 거예요. 제가 알기로는 그날이 맞았거든요. 옥신각신하다가 알고 보니까 제 말이 맞았어요. 그런데 사과 한마디 없는 거예요? 그래서 너무 분하고 억울해가지고 씩씩거리면서 집에 딱 올라갔는데 아무도 없어……. 이래서 사람이 누구랑 살아야 되는구나 싶었죠.
이럴 때 대부분 남자들한테 전화를 하면 아무런 도움이 되지 않습니다. "야, 내가 반장 아줌마랑 어쩌고저쩌고~" 설명하면 "그랬어? 당구 치러 갈래?" 합니다. 제가 얘기하는 것에 대한 공감의 과정이 하나도 없어요. 그래서 코디한테 전화를 했어요. 상황을 설명하니까 가만히 듣더라고요. 그 순간에 이미 분이 반쯤 풀렸어요.
그러더니 같이 씩씩거리면서 "오빠! 그 아줌마 몇 호예요!" 하는데 그 "몇 호예요"를 듣는 순간 화가 다 내려갔어요. 희한하죠? "몇 호인지 네가 알면 뭐할래? 401호이긴 한데~~~" 하니까 "제가 그 집 앞에 똥을 쌀 거예요!!!" 하더라고요. 하하하. 그냥 웃음이 났어요. 무조건 내 편 들어주는 사람이 있는 거 같아서 든든했고요. 우리가 같이 얘기하는 시간도 제 코디와의 통화 같은 역할을 해줬으면 좋겠네요.

중독일까, 아닐까

진기 중독의 기준은 세 가지로 볼 수 있어요. 예를 들어 '술 중독'인 것 같다면, '첫째로 술 없인 못 살아, 둘째로 술 때문에 내 목숨이 위태로워, 셋째로 술 때문에 정상적인 판단을 못해' 이거예요. 못 살겠다, 죽겠다, 정상적인 판단이 안 된다. 이 세 가지가 충족되지 않으면 중독까진 아니에요. 이게 가늠하기 어려우면 더 쉽게 '아침에 눈 떴을 때 제일 먼저 생각나는 것'이 반복되면 중독의 길로 가고 있는 겁니다.

그렇다면 '중독된 것을 어떻게 끊느냐'는 간단해요. 첫 번째는 인정해야 됩니다. 보통 누군가 중독을 지적하면 계속 자기합리화를 하거든요. 그걸 해도 되는 이유를 계속 만들어서요. 인정은 중독을 끊는 것에 기본 조건이에요. 두 번째는 우리가 사회적 동물이기 때문에 주위에 알려야 하고요. 마지막은 'right now!' 지금 당장부터 해야 됩니다.

아무 생각도 안 하고 싶어서

제동 요즘 '중독된다'는 것은 무언가로 도피해야만 숨이 쉬어지기 때문인 것 같아요. 어떤 학생한테 "게임 하면 뭐가 좋냐"고 물으니까 "아무 생각이 안 나요" 하더라고요. 애써 생각을 안 하려고 하는 것, 이건 지금 힘들다는 거죠. 그다음 대답은 정말 충격이었어요. "이건 노력한 만큼 돼요." 소름 끼치지 않나요? 현실에서는 노력해도 절대 안 되는, 외부요인들의 벽을 어릴 때부터 느끼고 있다는 게…….

빗방울 떨어지듯이 천천히

딸 아빠가 엄마 돌아가시고 나서 담배를 더 많이 피우셔서 걱정입니다.

제동 아버님, 어머님 돌아가시고 나서 담배가 좀 느셨어요?

아빠 네, 그건 맞습니다. 3년 좀 넘어가는데 자꾸 생각이 나니까……. 담배 피우면서 잊으려고 하는지도 모르겠습니다.

제동 따님은 담배보다도 아빠 외로워하시는 거 좀 덜어졌으면 하는 거 같은데 맞나요?

딸 네. 엄마 안 계시니까 아빠 건강도 혼자 챙기셔야 하고……. (눈물) 담배 말고 다른 행복도 찾으셨으면 좋겠어요.

아빠 조심할게. 너무 걱정하지 마. 근데 제가 아직까지 우리 마누라보다 더 예쁜 여자를 못 봤어요. 사람 마음이 굳어진 게 변하려면 빗방울이 조금씩 떨어지듯이 천천히 되는 거잖아요. 스스로도 치유하고 싶지만 안 되는 걸 어떡하겠습니까. 아직은 시간이 필요합니다.

오늘이 불안한 사람들

길영 저희가 오랫동안 데이터를 지켜봤는데, '출퇴근, 등교시간에 바쁘다'는 표현이 최근 5년 사이에 엄청 많이 쓰이거든요. '스낵컬처'라고 해서 요즘 웹드라마, 웹툰 등 5분, 10분 안에 소비할 수 있는 콘텐츠들 많이 보시잖아요. 그 짧은 시간 안에도 뭘 하고 싶은 거예요. 그래서 자기도 모르게 자투리 시간까지 쪼개 쓰는 것에 몰입하게 되는 거죠. 이런 사람들을 중국에서는 '저두족'이라고 합니다. '낮을 저' 자에 '머리 두' 자를 써서 스마트폰에서 눈을 떼지 않고 고개를 숙이고 있는 사람들을 가리키는 말이에요. 우리나라에서도 문제가 참 많이 되고 있죠.

제동 그러니까요. 뭐라도 하지 않는 시간을 너무너무 불안해하는 거예요. 나무는 수백 년 동안 가만히 있어도 불안해하지 않잖아요. 인간이 그렇게 살 순 없지만 아무것도 안 하는 시간을 스스로에게 허용해주면 좋겠다는 생각이 들기는 합니다.

진기 그렇죠. 중독이라는 건 기본적으로 불안에서 출발하니까요.

지금쯤, 돌아볼 것

청중 저는 대학생 때부터 30대가 된 지금까지도 일이 제일 좋고요, 일할 때 행복합니다. 그런데 어느 날 돌아보니까 주위에 아무도 없었어요.

제동 일중독이시네요…….

진기 일중독자들의 가장 큰 문제점은 나중에 한 방에 무너질 수 있다는 거예요. 내가 더 앞서나가고 성취감 있고 하니까 쭉쭉 가는 거 같거든요. 저도 예전에 일주일에 84시간, 하루에 12시간씩 강의했어요. 그런데 어느 날 갑자기 가더라구요. 그래서 수업을 아예 놨었어요. 휴식 좀 가지세요.

길영 일중독은 칭찬 받는 중독이라고 해요. 기업에 입사할 때 단점에다가 일중독이라고 많이 쓰더라고요. 사람들이 선호하는 중독이라는 걸 알고 있는 거죠. 하지만 일중독도 중독입니다. 공식적으로 비난받으면 멈출 수 있는데 사회적으로 계속 부추기면 멈추기가 힘들어져요. 일과 생활의 밸런스가 깨지면 모든 생활이 한꺼번에 무너질 수 있으므로 일중독도 조심하셔야 합니다.

조건 없이 나를 좋아해주는 존재

제동

요즘 거리에서 개를 끌고 가는 사람을 보면 자꾸 개를 키우고 싶다는 생각이 들어요. 왜 사람들이 개를 키울까에 대해서 생각해봤는데, 나의 성취와 관계없이 나를 좋아해주기 때문인 것 같아요. 내가 돈이 있건 없건 강아지들은 그걸로 판단하지 않잖아요. 내가 프로그램을 열 개씩 하든 하나도 못 하든 강아지한테는 상관이 없죠. 웃으실 수도 있는데 그런 생각 하다가 지나가는 개 안고 운 적도 있어요. 이렇게 쓰다듬는데 눈물이 났어요.

택배 기사님이 안 오면 초조해요

청중 많이 시킬 때는 일주일에 일요일 빼고 다 온 적도 있고요, 평균 서너 번씩 와요. 이게 쇼핑중독은 또 아닌 게 물건을 사면서 기쁨을 느낀다기보다는 택배를 기다렸다가 받을 때 그게 되게 좋아요.

제동 아, 그냥 택배라는 서비스 자체가 좋은 거네요?

청중 네. 수업을 듣다가도 택배 와 있다는 문자가 오면 집에 갈 때부터 설레고, 문 앞에 택배가 놓여 있으면 엄청 좋아요.

제동 주로 뭘 시켜요?

청중 진짜 별것 아닌 것까지 시켜요. 오늘은 샐러드 소스 시켰어요.

(청중들 웃음)

제동 다들 귀엽다고 하는데요? 그것 때문에 일상생활에 지장이 있어요?

청중 좀 이상한가 싶어서요. 돈도 가끔씩 부족해요.

제동 그것 아니어도 부족하죠?

청중 네. (ㅎㅎ)

제동 어차피 부족한데 하고 싶은 거 하세요.

청중 혼자 사는데 집에 들어가면 아무것도 없어요. 그런데 택배 기사님이 오는 날이면 택배 상자가 이렇게 딱 저를 기다리고 있는 거지요. 하하.

제동 이해할 수 있어요. 이상하지 않아요. 소스를 오늘 꼭 먹겠다기보다는 '앗, 우리 집에 그때 그 아저씨가 소스를 갖다 놨네' 하면서 마음이 좋은 거죠 뭐.

청중 맞아요. 약간 정이 있는 느낌이에요.

제동 집 주소 적어놓고 가요. 택배 보내줄게요.

청중들 우와~~~

독립한 지 두 달, 집이 무서워요

청중 늘 가족들과 살다가 처음으로 혼자 살아봅니다. 남자인데도 옥탑방이 너무 무서워요. 주위에 아는 사람들도 없는데 만약 해를 당하면 누가 나를 도와주지 싶고요. 아직 파출소 위치도 파악 못했는데…….

제동 저도 예전에 캄캄한 집에 혼자 들어가는 게 무서워서 신발을 옆으로 놓는다든지 저만의 표시를 해봤는데 우리 같은 스타일은 잊어버려요. 내가 이렇게 해놨나? 아닌 것 같은데. 맞나? 하면서 더 무서울 때가 있었어요.

청중 저도 해봤어요. 불을 켜놓고 나갔는데 부작용이 있었죠.

제동 왜요?

청중 퇴근했는데 불 켜놓은 것을 까먹었을 때 엄청난 공포감이 두 배 세 배 더! (ㅠㅠ)

제동 제일 좋은 방법은 천천히 이웃하고 친해지는 거예요. 오늘 들어가는 길에 근처 슈퍼마켓 아버님 어머님하고 인사부터 해보세요. 생각보다 어려울 수 있습니다. 그래도 "안녕하세요" 한마디라도 건네면서 정을 내고 지내는 게 우리가 가진 불안을 덜어내는 길일 겁니다.

어느 날의 대화 1

제동

요즘 제 낙은 동네 커피숍에 앉아 있는 겁니다. 막 7~8시간씩 앉아 있으면 저랑 친한 사람들이 들렀다 가고 그래요. 그러다 친해진 초등학교 4학년 유진이라는 아이가 있습니다. 걔도 가끔 와서 말을 걸어요. 한 번은 인사하고 지나가더니 다시 돌아왔어요. "궁금한 게 있는데 물어봐도 돼요?" "어, 물어봐라." "아저씨는 왜 맨날 여기 계세요?" 하는데 갑자기 너무 서글픈 거예요. "응, 아저씨는 그냥 여기 있는 게 좋아." "집이 없어요?" "아니, 집은 있어." "그런데 왜 여기 계세요?" "집에는 혼자 있어야 되니까 여기 나와 있으면 사람들이 많아서 좋아." "아, 되게 외로우신가 보구나." 그러고 갔어요. 그다음에 제가 또 거기 앉아 있는데 유진이가 왔어요. "아저씨 이것 드세요." "아이구, 아저씨 좋아서 주는 거야?" "아니요. 어디서 봤는데 외로울 때 초콜릿이 좋대요." 그러더니 초콜릿을 두어 개 주고 갔어요. 하하. 얼마나 예뻐요?

어느 날의 대화 2

제동

또 한 번은 중학교 2학년 남자 아이 세 명에게 "어디 가냐?" 하고 말을 붙였어요. "학원 갔다 와요." 하는데 발음이 약간 외국 살다 온 아이 같더라고요? "너는 외국에서 공부하다 왔니?" 했더니 "아니요. 한국에서만 공부했는데요? 불행한 일이죠." 하더라고요. "그게 왜 불행한 일이야?" "어…… 요즘 나라가 말이 아니잖아요." 제가 깜짝 놀라서 기억하려고 노트에 적어뒀어요. "왜 나라가 말이 아니라고 생각해?" "윗분들이 잘못해서 그렇죠." "윗분들이 아니고 어른들이 다 잘못한 거 같아. 미안하다." 저절로 사과를 하게 됐어요. "그런데 우리나라보다 더 어려운 나라들도 많고 그렇잖아? 문제가 많지만 꼭 나쁜 나라라고만 할 수는 없어. 긍정적인 구석도 되게 많단다." "그렇죠. 따지고 보면 좋지도 나쁘지도 않은 거 같아요. 우리가 좋게 만들어 봐야죠. 뭐." "그래, 훌륭하다. 이 자식아. 멋있다! 니들 때문에 우리가 산다." 하니까 "그렇게까지 부담은 주지 마시고요." 이래서 혼자 엄청 웃었어요. "무슨 학원 다녀오는 거야?" "수학 학원이요." "재미있냐?" "재밌겠어요?" "어, 알았다. 가봐라. 얘기 나눠서 반가웠다." "네. 야, 가자." 하더니 마지막 말이 제일 웃겼어요. "아참, 수고하세요." 그러고는 뒤돌아 갔어요. 하하하.

그냥 좋아해요

제동 지현이는 아저씨 좋아요?

소녀 네.

제동 왜 좋아요?

소녀 그냥요. 왜 왜냐고 물어봐요?

제동 하하하, 고마워요. 근데 더 이상 길게 얘기하고 싶지 않은 건 아니지……?

모두 꽃이다

제동 '불꽃 관경. 꽃관경.' 아, 관광경영학과예요?

청중 네. 근데 저 빼고…….

제동 왜 그런 얘길 해요. 20대 때는 "쟤들보단 내가 꽃이에요" 해야지. 왜 자기만 빼요?

청중 동기들이 다 예뻐서요…….

제동 오늘 다 같이 왔어요?

청중 아니요.

제동 그럼 자기가 젤 예쁘다 그러면 되죠 뭐. 그런 걸 가지고 자신 없어하고 그래요. 제가 제일 많이 의지하는 형이 강연할 때 그랬어요. 내가 아직 피지 않았다고 꽃이 아니라고 착각하지 마라. 남들이 피지 않았다고 남들이 꽃이 아니라고 여기지도 마라. 내가 피었다고 나만 꽃이라거나, 남들만 피었다고 내가 꽃이 아니라고 생각하지 마라. 우린 모두 꽃이다. 국진이 형이 해준 얘기예요. (웃음)

휴식한다는 것

진기

휴식이라는 단어의 한자는 '쉴 휴(休)' 자에 '쉴 식(息)'입니다. 첫 번째 '휴' 자는 '나무 목' 자 옆에 '사람 인'이 붙어 있어요. 노동을 하고 나무 옆에서 쉬는 거지요. 더 재밌는 건 '식' 자를 보면 '스스로 자' 자 밑에 '마음 심' 자가 있어요. 마음 위에 나만 두고 있어야 하는 거지요. 아까 쉴 때 스마트폰 들여다보는 얘기가 나왔잖아요? 그렇게는 쉴 수가 없어요. 내 마음에 나만 둘 수가 없으니까요. 쉴 때는 마음에 나만 둬야 한다는 걸 잊지 마세요.

최고의 휴식

진기 제동 씨한테 최고의 휴식은 뭡니까?

제동 저요? 아, 저에게 최고의 휴식, 뭐가 있더라. 갑자기 물어보면 이렇게 생각이 안 나는군요? 사실 문득 떠오르는 게 있긴 한데 이상하게 기사 날까봐.
예전에 여자친구랑 서로 무릎 베고 귀 파주는 걸 되게 좋아했어요. 그게 저한테는 가장 큰 휴식이었어요. 왜 그런지는 모르겠지만 철저히 보호받는 느낌도 들고 완전히 맡겨도 되는 신뢰도 느껴지고. "아프면 얘기해." 꼭 그렇게 말하잖아요. "아프면 얘기해. 괜찮아?" 이렇게 끊임없이 물어보고…… 그런 것들이 저에겐 휴식이에요.

제동 언제 적 얘기냐고요? 얼마 안 됐는데.

청중들 에이~~~

제동 진짠데…….

내 휴가 내가 쓰는데 눈치가 보여요

청중 직장인들은 대부분 그러실 거예요. 직장 상사나 동료들 눈치도 봐야 하고, 회사가 바쁘게 돌아갈 땐 아예 못 쓰고요.

제동 어휴! 사람이 좀 쉬고 그래야 일도 잘하는데, 그죠?

청중 네. 작년에는 휴가를 하루밖에 못 냈어요. 그것도 수요일에!

제동 보통 금요일이나 월요일에 붙여 써야 효과가 더 있는 거잖아요.

청중 그러니까요.

제동 회사에서는 뭐라 그래요?

청중 회사에선 모르죠. 제가 휴가 못 쓴 거. 아무도 신경 안 쓰…… 하하하…….

제동 내가 살면서 들어본 웃음소리 중에 제일 슬픈 웃음소리였어.(웃음)

쉬는 것은 죄가 아니다

진기　우리나라 사람들은 '쉬는 시간'에 너무 죄책감을 느껴요. 우리나라 직장인이 주말 제외하고 휴가로 쉬는 날이 연간 8.6일 정도 돼요. 프랑스는 평균 30일, 일본은 22일 쉽니다. 거꾸로 우리나라의 주당 노동시간은 45시간이고, 다른 나라들의 평균은 38시간이니까 일을 훨씬 많이 하고 쉬는 시간은 엄청 짧은 거죠.
마르크스 있잖아요. 칼 맑스라고도 불리는. 그 사람의 둘째 사위인 폴 라파르그라는 사람이 쓴 책이 『게으를 수 있는 권리』예요. 노동권만 있는 게 아니라 휴식권이 있다는 겁니다. 언제부터 우리가 쉬는 것을 죄악시 여겼냐는 거예요. 옛날 농경사회 때는 노동을 할 수 있는 기간이 정해져 있었어요. 그러니까 겨울에 쉬는 게 자연스러운 거였죠. 산업화 되고 자본주의가 본격화 되면서 쉬는 행위를 점점 나쁘게 여기게 되었다는 문제를 제기하는 책이에요. 노동자가 쉬어야 공급 과잉이 줄어들고 공황을 해결할 수 있다고 하는데, 물론 이렇게 얘기하면 회사에서 잘리겠죠. 하하.

영화감독의 쉬는 시간

제동 영화감독님들은 어떻게 휴식합니까?

류승완(게스트) 영화 만드는 사람들은 개성들이 워낙 강해서 '보통 이렇다'는 건 없을 것 같고요. 저 같은 경우는 일과 휴식의 경계가 없어진 지 굉장히 오래됐어요. 지금 이 순간에도 '다음에 어떤 영화를 만들 때 이런 상황이 나오면 써먹어야지' 하는 생각들이 돌아가고 있고요. 초반에 쉬는 게 쉬는 거 같지 않다는 말씀하실 때 공감했는데, 저도 온전히 다 놔버리는 경우는 없습니다.

제일 좋을 때는 해외 영화제 나가면 어차피 말이 안 통하니까 어딜 많이 못 돌아다녀요. 그래서 다른 문화권 사람들 반응 지켜보고 차 한 잔 마시고 이러면서 쉬는 거 같네요.

뜨거운 아이스크림

제동 오늘 누가 아이스크림을 돌리셨더라고요? 누구세요? 아, 객석에서 아이스크림 300개를? 우리 제작진들이 찾아 헤맸는데도 말씀을 안 하셨대요. 그럼 그냥 다 저라고 생각하세요. 하하. 근데 저는 진짜 아니에요. 어디 계실까? 되게 감동적이었어요. 이런 사람들 때문에 사는구나 싶었고요. 맛있게 먹었습니다.

길영 제가 아는 심리학과 서은국 교수님께서 『행복의 기원』이라는 책을 쓰셨어요. 그 책의 결론이 뭐냐면요, "행복은 말이지, 좋은 사람과 맛있는 것 먹는 거야." 이걸로 끝납니다. 너무 당연하고 일상적인 것인데 느끼지 못하고 있던 것을 딱 얘기해 주시더라고요. 오늘 주제처럼 취하고 싶으시다면 곁에 있는 좋은 사람과 함께 술 한잔 가볍게 하는 게 좋을 거라는 생각이 듭니다.

제동 맞아요. 아까 여러분들 아이스크림 쫙 드시고 계실 때 되게 행복해 보였거든요. 하하.

진짜 우리의 시간

정성화(게스트) 우리 이렇게 침묵하고 있어도 되는 겁니까?

제동 원래 여기 녹화할 때 이렇게 침묵하는 시간 많습니다.

정성화 아, 네…….

제동 보통 이런 침묵을 못 견뎌하시거든요. 저도 그랬었고. 그런데 회를 거듭할수록 이 시간이 진짜 우리의 시간일 수도 있겠다, 하는 생각을 많이 합니다.

정성화 어우, 진짜 말 잘해.

제동 자꾸 칭찬하면 저 더 어색해집니다. (ㅎㅎ)

못생겨지고 있어요

제동 못생겨지고 있는 건 뭡니까?

청중 거울 볼 때마다 점점 못생겨지는 것 같아서요.

제동 아, 그래요? 언제부터 그런 증상이?

청중 (웃음) 지난달부터 심각해지고 있어요.

제동 주위에서도 그래요?

청중 아니요. 하하.

제동 자기가 자기를 못생겨진다고 생각하는 건 뭔가 이유가 있을 거예요. 잘 생각해 보세요.
예전에 제가 한창 SNS 할 때 일부러 자다 일어났을 때 등등 제일 못생긴 사진들을 올렸거든요. 그랬더니 저 상담해주셨던 정신과 선생님이 메시지 보내셨더라고요. 자꾸 그런 사진 올리지 말라고. 그래서 "왜요? 많이 놀라셨어요?" 했더니 그걸 보다보다 속상하셨대요. "제동 씨 무대 위에서 멋있는데 그런 걸 좀 올리지, 왜 쭈그려 앉아 있고 그런 것만 올려서 사람들을 웃기려고 하느냐, 웃기는 것은 좋은데 제동 씨가 스스로를 너무 그렇게 보고 있는 것 같다, 멋있는 것도 올리면서 심리적 균형을 잘 잡았으면 좋겠다."
그때, 심리가 어떻고 하는 말보다 그냥 "그런 사진만 올려서 속상하다" 이 말이 되게 고마웠어요.

'친구가 되었다'는 말의 무게

진기 부부 관계나 사회 관계는 계약에 토대를 둡니다. 하지만 친구 관계는 계약에 토대를 두지 않아요. 만약 부부 관계가 친구처럼 됐다고 하면 한 단계 발전했다는 거예요. 계약 같은 것을 갖다 버렸다는 거지요. 모든 계약에는 의무와 권리가 있어요. 부부간에도 이혼이라는 걸 하고 서류 정리를 하잖아요. 회사 그만둘 때도 사직서를 쓰고요. 그런데 친구 관계를 시작하거나 정리할 때는 서류 같은 것이 없습니다. 그냥 친구인 거예요. 정말 좋은 거죠.

가장 안전한 비밀번호를 제공하는 존재

제동 내가 생각하는 친구란 이런 거다?

요조 저에겐 가장 안전한 비밀번호를 제공하는 존재예요.

제동 무슨 뜻입니까?

요조 가장 친한 친구가 있어요. 초등학교 동창이고, 이제는 너무나 다른 인생을 살고 있지만 끊임없이 안부를 묻고 사는 얘기를 나누죠. 제 모든 비밀번호는 그 친구 옛날 집 전화번호예요. 어릴 때 "여보세요? 상희네 집이죠? 상희 있어요?" 했던 그 번호요.
그런데 알고 봤더니 그 친구 비밀번호는 저희 집 전화번호였던 거예요! 미리 얘기한 적도 없는데. 이건 남들은 짐작할 수 없는 최상의 보완성을 가진 번호잖아요. 그래서 둘이 신기해했던 적이 있어요.

제동 신기하네요. 집착 강한 사람들이 옛날 여자친구 전화번호를 아직도 통장 비밀번호 해놓은 것은 봤는데.

청중들 (웃음)

제동 왜 날 쳐다봐요? 나 아니에요.

나에게 친구란?

sketchbook

언제 만나도 어제 본 것 같은 사람

대나무숲 같은 사람

내가 선택한 가족

내 무덤에서 슬퍼해줄 수 있는 사람

목욕탕 같이 갈 수 있는 사람

뜬금없이 웃게 해주는 사람

무슨 일이 있어도 서운해하지 않는 사람

쓰러지지 않도록 손 잡아주는 사람

침묵이 어색하지 않은 사람

제동 저거 진짜 중요한 거 같아요. 진짜 친한 친구랑은 아무 말 안 하고 각자 다른 거 하면서 열 시간도 있을 수 있어요.

나쁜 사람 콤플렉스

제동　나쁜 사람 콤플렉스 같은 것도 있어요. 내가 나쁜 사람으로 보이지 않으면 누군가 나를 해칠 수 있다. 일부러 문신 같은 것 새기고 그러는 것처럼요.

요조　저 그런 것 좀 있어요. 예전에는 좀 더 착한 사람이었는데 저를 너무 편하게, 만만하게 보고 상처를 주더라고요. 차라리 그냥 못되게 굴어서 나를 우습게 보지 말았으면 좋겠다는 생각이 들었어요. 예전에 저를 알던 사람들은 요즘 저한테 정말 많이 변했다고 해요.

진기　그것도 일종의 해결책이 될 수 있어요. 어른들이 "아이 참 착하다" 할 때는 그 사람이 진짜 착해서라기보다 "내 말을 참 잘 듣네. 내 기대에 어긋나지 말아라" 이런 거거든요. 그러다 착한 사람 콤플렉스가 생기면 누구를 만나도 내가 주체적으로 서지 못하고 타인의 의도를 따라가게 됩니다. 그러면 계속 불안하고 스트레스가 쌓이거든요. 요조 씨는 거기서 벗어나신 거네요. 사회적으로 나쁜 짓을 하는 게 아니라 나를 보호하는 거잖아요.

뭐가 그렇게 죄송한지

제동 저도 연습 중입니다. 누가 뭘 부탁하는 걸 거절할 자유가 나에게도 있다! 마흔 넘어 처음 해보는 것 같은데 묘하게 쾌감이 있더라고요. 무료강연 한 번 하면 백 군데에서 전화가 와요. 스케줄 되는 대로 두 군데만 더 하면 나머지 98군데에서 욕을 해요. 요즘은 "죄송해요. 그것 못해요" 하다가 웃으면서 다시 말해요. "사실은 제가 죄송할 일도 아니지요. 못해요, 이거." 예전에는 상상도 할 수 없던 일들입니다.

길영 호의가 계속되면 당연한 것처럼 여겨지니까요. 그래서 거절할 수 있어야 합니다. 호의는 요구하는 게 아니에요. 보여주면 그냥 고마운 거지.

좋은 일 바이러스

제동

고속도로에서 속도위반 단속해서 벌금 고지서만 날리지 말고, 한 달에 한 번씩 이벤트로 규정속도 잘 지킨 차들 추첨해서 상도 줬으면 좋겠어요. 벌금 모인 것 중에 조금 떼어서요. 만날 잘못된 것만 지적받다가 칭찬받으면 되게 기분 좋지 않을까요?
페이스북에도 편의점 행패 이런 영상이 많이 올라오는데 좋은 일 하는 것도 많이 올라오고 시상도 하고 그랬으면 좋겠어요. 뉴스에도 분노할 것들만 주로 나오니까요. 횡단보도에서 할머니 짐 들어드리는 것만 봐도 기분 좋잖아요? 그런 것 좀 많이 보면서 살았으면 해요. 왜냐하면 제 선행 같은 게 안 알려진 게 너무 많거든요. 아하하하. 반드시 오른손이 하는 잘한 일은 왼발, 오른발까지 다 알아야 된다고 생각합니다.

PART 02
내내 어여쁜 당신에게

청중 제가 5대 독자라서 아이를 낳아야 하는데 아직 결혼을 못했고…… 아니, 아직 애인도 없어요. 이제 뭐가 먼저인지 순서도 헷갈립니다.

제동 당연히 사랑이 먼저죠. 아들을 낳아서 대를 이어야 한다는 부담이 있나요?

청중 네. 앞으로도 그런 부담은 계속 있을 거 같아요.

진기 공감이 되는 고민이지만, 혼자서 좋은 분을 얼마든지 만날 수 있을 거 같고 그게 우선이어야 하지 않을까요? 온전한 사랑을 하는 데 독자라는 것이 방해가 된다면 조금 걱정이기는 하네요.

제동 충분히 매력을 가지고 계시니까 대를 이어야겠다는 강박을 버리면 대를 이을 수 있을 거 같아요. 메시가 그랬거든요. '나는 골을 넣겠다는 생각이 없을 때 골을 넣는다.' 불교에서는 '생각을 버리면 행함을 득한다.'

요조 외모도 준수하고 좋은 분 같은데, 그런 생각은 여자 입장에서 좀 겁먹게 돼요. 진짜 대를 이어야 한다면 다르게 표현하는 것도 좋을 것 같고요.

제동 어떻게 다르게 표현하죠?

요조 난 네가 너무너무 좋고 사랑스러워서 너를 닮은 조그만 네가 또 있으면 좋겠어.

제동 캬!!!

진기 사회과학 얘긴 넣어둘게요.

나만의 100%

제동 우리가 결혼은 뭐가 필요하고 누구는 돈이 몇 순위고 이런 얘기들을 한참 하고 있지만 사실 다 의미 없는 말일지도 모르겠다는 생각이 들어요. 어느 날 내가 가지고 있던 모든 가치와 사상을 무너뜨리는 사람이 눈앞에 탁 나타나면 다 쓸데 없는 거지 뭐. 돈은 얼마가 있어야 돼 하다가도 일순간에 누군가를 보자마자 '허걱' 하면 아무것도 따지지 않고 그냥 살면 되는 거 아니에요, 그 사람하고?

제동 대한민국에서 60%는 이런 스타일을 좋아하고 40%는 저런 스타일을 좋아한다는 통계가 무슨 소용이 있겠어요. 왜냐하면 나한테는 이 사람이 100%인데.

청중들 오오오!

Station
STOP

꿈같은 결혼식

제동 제가 꿈꿨던 결혼식은 딱 두 가지입니다.
만약 철도청과 협의가 된다면 지금은 쓰지 않는 철도를
복원해서 역마다 신랑신부 가족이나 친구들이 놀고 있고,
신랑신부는 기차를 타고 출발하는 거죠.
다음 역에서는 신랑 하객들이 입장하고, 또 가다가 신부
하객들이 타고. 마지막에는 운전해주시던 기관사 분이 내려서
"내가 이 기차 잘 운전해왔듯이 여러분 결혼생활도 그랬으면
좋겠다" 이렇게 축하 한 마디 하시고…….

두 번째는 자전거 여행 결혼식이에요.
두세 달 일정 잡아서 신랑신부가 직접 하객들을 찾아다니는
거죠.
친구나 손님들을 한 자리로 부르는 게 아니고 찾아가서
"야, 우리 결혼한다, 안녕" 하고 그 집에서 하루 노는 거.
그게 바로 신혼여행을 다니는 것이기도 하구요.
이런 결혼식은 어때요?

세상에 단 한 사람

제동

옛날 여자친구가 저한테
"어떤 인간이 우리 오빠보고 눈이 작대?" 그랬어요.
어, 웃기려고 한 얘기 아닌데.
그럴 때 느껴지는 그런…… 아시죠, 어떤 건지?
그런 사람이 있다는 건 참 좋은 거 같아요.

진심을 담아서

제동 '프로포즈 여자가 할 수도 있지 않나요' 하는 사연을 보낸 분이 오셨어요. 안녕하세요? 아이고, 떨리세요?

여자친구 네, 엄청 떨려요.

제동 (토닥토닥) 에이, 괜찮아요. 어떻게 이런 생각을 했어요?

여자친구 아까 얘기도 나왔지만 남자가 돈이 없으면 결혼을 못한다는 생각을 할까봐……. 남자친구가 부담을 많이 갖고 있어요. 이미 프로포즈는 받았는데 오빠가 남자도 프로포즈 받고 싶다는 이야길 한 적이 있거든요. 그래서 용기를 내서 사연을 보냈는데 너무 떨려서 못하겠네요. 오빠도 엄청 놀랐을 거예요.

제동 남자친구 분은 오늘 전혀 모르셨던 거죠?

남자친구 네. 전혀 몰랐습니다.

제동 프로포즈 받고 싶다고 하셨어요?

남자친구 제가 한 번 했다가 실패하고 두 번 했었거든요.

제동 왜 실패를 했어요?

남자친구 싸운 순간에 갑자기 해가지고.

여자친구 결혼 준비하면서 힘들어서 싸웠어요. 그냥 예쁘게 결혼하고 싶었을 뿐인데, 너무 해야 되는 게 많아서.

제동 그렇죠. 그럼 이제 어떻게 프로포즈를?

여자친구 편지를 썼어요.

음…… 오빠, 많이 놀랐지. 나도 오빠를 위해서 용기 내봤어. 함께 열심히 준비한 결혼식이 드디어 3주 남았네. 둘이 부대끼면서 힘들게 준비한 만큼 예쁘게 매듭지어 보자. 예식 때 떨릴 거 같다고 했지? 내가 손 꽉 잡아줄게, 걱정 마. 그리고 앞으로도 오빠 옆에서 사랑스러운 아내의 모습으로 영원히 함께해 줄게. 내 남편이 되어줘서 고마워.

오빠도 많이 힘들 텐데 나보고 많이 웃어줘서 정말 고마워. 예쁘게 잘 살아보자. 사랑해.

Will you marry me?

Yes!

이틀 전에 차였어요

여자 이별 극복하는 방법을 알려주세요. 집 앞에서 동네 떠나가라 울어서 사람들이 다 쳐다봤어요.

제동 많이 힘들어요?

여자 네. 계속 생각이 나요. 아침에 눈이 너무 일찍 떠져요. 자꾸 전화가 하고 싶고요.

제동 사귄 지는 얼마나 됐는지 물어봐도 돼요?

여자 6개월 정도. (청중들 웃음)

제동 비웃지 마세요. 본인은 심각한 거예요. 6개월 됐을 때 헤어진 게 제일 힘들어요 사실은. 왜냐하면 제일 좋을 때 헤어진 거잖아요.

여자 맞아요.

제동 이유도 모른 채 차였어요?

여자 장거리 연애였어요. 몸에서 멀어지니까 마음에서 멀어졌다고 그냥 차였어요.

제동

극복방법이라……. 보통 밥 먹는 데 3~40분은 걸리잖아요. 그런데 소화하는 데는 서너 시간 걸려요. 하물며 사람을 6개월 만났는데 이틀 안에 어떻게 잊어요. 광화문 서점 현판에도 걸려 있었잖아요. '사람이 온다는 건 어마어마한 일이다, 한 사람의 일생이 오기 때문이다.' 어떤 사람의 인생 전체를 6개월 대면했는데 며칠 만에 잊으려고 하면 스스로에게 너무 모진 일 아닐까요?

제동

사람은 죽을 때까지 이별에 적응하는 과정 속에 있는 여행자들이잖아요. 완벽하게 적응하는 사람, 이 세상에 없을 거예요.

병장 되면 다시 생길 거야

남자	내일 모레 입대합니다.
제동	군대 가기 전에 뭐가 제일 하고 싶어요?
남자	연애요.
제동	지금? 이제 와서? 누구랑요?
남자	짝사랑하는 사람이 있습니다.
제동	말했어요?
남자	네. 좋아한다고 말했는데 차였어요.
제동	마이크 드릴 테니까 그분한테 하고 싶은 말 하세요.
남자	군복무 열심히 하고 나서, 그때 너한테 남자친구 있으면 어떡하지? 어쨌든 잘 갔다 와서 당당하게 다시 얘기할게. 네 앞에서. 좋아한다고.
제동	오, 멋있다. 근데 보조개도 있구나. 군대 가면 없어진다? 하하하.
남자	왜요?
제동	웃을 일이 없거든.

남자 아…….

제동 여러분, 이등병들한테 잘해주세요.

다 같이 겪어보자, 덜 아프게

제동 짝사랑해서 많이 괴로워요?

남자 오늘 다 잊어버리려고요.

제동 다 잊어버린다고요?

남자 네.

제동 그게 잊히나. 잊히면 짝사랑이 아니지.
아까 것 응용해볼 수 있겠네요. '잊자니 지랄 같고, 죽자니 사랑이구나.' 그런 게 짝사랑인데 안 잊히지. 절대로 안 돼. 적어도 내 경험엔 안 돼. 아오 고소하다. 살면서 내가 겪었던 아픈 감정을 다른 사람들도 꼭 겪었으면 좋겠거든요. 미안합니다. 별로 좋은 놈이 아니라서.

연애와 도박의 공통점

제동 있을 땐 소중함을 모르다가 그 사람이 떠나고 나서 더 좋은 건 왜 그런 겁니까?

진기 그건 도박할 때랑 똑같은 심리로 설명드릴 수 있어요. 우리가 그냥 돈을 땄을 때보다 만 원을 잃었다가 다시 만 원을 딸 때의 희열이 더 크거든요. 도박판에서 본전을 못 찾아서 못 떠난다고들 하잖아요. 사람은 상실감을 회복하려는 욕구가 굉장히 큰 것이죠.

저보다 말랐어요, 남친이요

여자친구　사귄 지 얼마 안 돼서 저녁을 같이 자주 먹어요. 그런데 남자친구는 안 찌고 저만 살이 쪘어요.

제동　남자친구 분, 이거에 대해서 문제 있으세요?

남자친구　아니오. 저는 괜찮은데 여자친구가 속상해하는 것 같아요. 저는 이런 모습이 좋아서 만나는 거거든요.

제동　지금 살이 많이 찐 건가요?

남자친구　통통한 편이었는데 조금 쪘어요. 저는 복스럽고 귀여워서 좋습니다.

제동　여자친구 분, 남자친구 말고 또 예쁘게 보이고 싶은 사람 있어요? 저한테? 아니잖아요?

여자친구　네, 아니에요.

요조　저는 사실 이해가 돼요. 자기가 사랑하는 사람한테 끊임없이 예쁘게 보이고 싶잖아요. 남자친구가 아무리 지금 모습이 괜찮다고 해도 욕심이 생기는 건 당연한 거라 이해해요. 하지만 남자친구 분이 애초에 이런 모습 그대로를 좋아했던 걸 잊지 마시고 조금 더 편안하고 자유롭게 사랑을 즐기시면 좋을 것 같아요.

근육이 마비될 때까지 운동을 해도 그녀가 잊히지 않네요

김풍(게스트) 어릴 때는 저도 헤어지는 게 아프고 힘들었어요. 그때는 생살을 내놓는 거잖아요? 바람만 불어도 되게 아파요. 하지만 나이가 들수록 피할 수 있는 건 피하게 되고, 많이 겪다 보면 굳은살이 배겨요. 별로 느낌이 없는 거예요. 누굴 만나도 가슴이 뛰지 않고, 헤어져도 아프지 않고. 굳은살은 더 이상 성장하지 않거든요. 그러니까 아직 아파한다는 것은 더 성장할 수 있다는 여지가 있는 것이기 때문에 저는 오히려 부럽네요. 계속 또 좋은 연애하시기 바랍니다.

하고 싶어

청중 길 가다가 껴안는 모습이 너무 싫어요. 외로워 죽겠는데 주위에 커플들이 너무 많으니까. 꼴도 보기 싫어요.

제동 법적으로 규제를 할까요?

청중 아, 그건…… 제가 만약 남자친구가 생기면 이런 생각이 안 들 것 같아요. 외로워서 그래요.

제동 얘기를 들어보니까 자기가 남자친구 생기면 해보고 싶은 것들이 지금은 다 꼴 보기 싫은 거 아니에요? 하하하.

청중 캬하하하.

제동 그렇게까지 싫다는 건 자기 안에 그런 욕구가 있어서일 수도 있어요. 속으로 상상이야 얼마든지 할 수 있죠. 그런데 상상을 이렇게 얘기할 수 있어야 실제로 그런 일을 하지 않는대요. 심리학 연구에서도 '내 남편 이럴 때 너무 싫어' 하고 말할 수 있는 공간이 있으면 실제로는 싸우는 횟수가 줄어든대요. 이런 게 사실 굉장히 건강한 거죠.

둘이라는 느낌을 알고 싶어요

청중 나를 생각해주는 사람이 있고, 또 어떤 사람이 온전히 내 마음속에 들어 있다는 그 느낌이 궁금합니다.

제동 연애를 해보신 적이 한 번도 없으십니까?

청중 네. 37년 동안요.

제동 둘이라는 느낌을 알고 싶다는 건 구체적으로 어떤 건가요?

청중 지금은 혼자라는 것에 너무 익숙해요. 밥을 먹든 영화관을 가든 뭐든지 혼자 하니까요. 결혼한 동생을 보니까, 어떤 사람이 나로 인해서 짜증내는 것 있잖아요, "왜 이걸 하기로 해놓고 안 했냐" 이런 소소한 것조차도 부럽더라고요. 둘이라는 즐거움이 제일 궁금하고요.

제동 너무 잘 이해합니다. 혹시 뭔가 얘기해주실 분?

진기 지금 말투에 너무 자신감이 없으세요. 연애를 시작하기 전에 특히 자신감이 되게 중요하잖아요. 제동 씨를 보세요. 여기 미녀 패널들이 나오면 사진도 같이 찍고 전화번호를 딱 달라고 하더라고요. 호…… 그 자신감.

제동 냐하하…….

길영 　하나 덧붙이자면 '한정판'의 심리를 잘 이용해보세요. "제발 사주세요"가 아니라 상대방이 뭘 원하는지를 잘 살피는 거지요. 파는 사람이 절실하면 사는 사람은 시큰둥해져요. "나에게 정말 좋은 게 있는데 함부로 보여주지는 않을 거야"라는 느낌이 드는 순간 상대방은 갖고 싶어집니다.

공허한 마음은 어쩔 수 없어요

제동 스케치북에 왜 자기 전화번호를 적은 거예요?

청중 여자친구 구하려고요.

제동 요즘 외로워요?

청중 네. 마음이 공허합니다.

제동 공허하다는 건 어떤 거죠?

청중 마음 한구석이 비어 있는 느낌이고, 채워지지 않는 갈급함이 있고, 마냥 쓸쓸하고 그러네요.

제동 마음은 그럼 어디 있나요?

청중 제 안에요.

제동 보여줄 수 있어요?

청중 없습니다.

제동 비어 있다면서 어디 있는지는 몰라요?

청중 네.

제동 하하하. 미안해요. 이상한 질문을 해서. 제가 가끔 그런 생각을 해서 물어본 거예요. 실체는 정확히 모르겠는데 뭣 때문에 이렇게 공허하고 괴롭고 그런가 싶어서.

그런데 말씀을 되게 자연스럽게 잘하시네요. 혹시 마이크 잡는 일 하십니까?

청중 교회 전도사입니다.

제동 아, 전도사님은 공허할 때 기도하시면 되죠?

청중 기도로도 안 되는 게 있더라고요.

제동 그렇게 말씀하셔도 괜찮습니까?

청중 안 되는 게 있으니까요.

제동 "구하라, 그러면 얻을 것이다"라는 말씀도 있잖아요?

청중 그것도 때가 있겠죠?

제동 하하. 이렇게 누군가를 가르치려들 수도 있는 분들이 자기 감정을 있는 그대로 내놓으면 더 가슴을 칠 때가 있는 거 같아요. 지난번에 어떤 절에 갔더니 스님이 여기는 웬 일이냐고 물으셨어요. 이유 없이 공허하고 외롭다고 했더니 스님이 갑자기, "나도 그렇습니다" 하셨는데 그 말이 묘하게 위로가 됐어요. "부처님께 맨날 절하시는데 뭐가 그리 공허하세요?" 했더니 아무 대답도 안 하시더라고요.

좋은 남자 구분법

청중 좋은 남자는 어떻게 판별하는 건가요?

제동 제 존재에 대한 안정감을 주는 사람이어야 한다고 생각합니다. 억지로 좋은 모습을 보이려고 하는 게 아니라 내가 자연스럽게, 뭘 해도 괜찮겠다는 느낌을 주는 사람. 그 느낌에 대한 추억 때문에 다시 사랑을 하고 싶다는 생각을 합니다.

청중 그럼 제동 씨는 왜 독신을 유지하시는 건가요?

제동 음…… 저는 외롭고 싶진 않은데 혼자 있고 싶어요. 아까 얘기한 스님께서는 '함께 있으면 조화롭고 홀로 있으면 자유로운 사람'이 참 인간상이라고 하셨는데, 우린 안 그렇잖아요? 홀로 있으면 외롭고 함께 있으면 싸우죠. 아직 누굴 만나서 잘할 자신이 없습니다.

평온한 싱글 라이프를 허하라

싱글남　저는 모태솔로입니다. 그거 자체에 대한 부담은 아직 없어요. 다만 주위에서 하도 성적소수자냐, 성기능이 떨어지는 것 아니냐, 이런 소리를 하니까 스트레스를 받아요. 그런데 또 누군가를 빨리 만나고 싶다가도 정작 지금은 대학교 4학년이라 취업 준비하는 동안 연애를 미뤄야 한다고 생각하니까 머리가 복잡합니다.

요조　제 생각엔, 연애에 대한 강박을 가질 필요가 없을 거 같아요. 남의 인생에 대해서도 "왜 연애를 안 하냐"고 강요할 필요도 없고요.

제동　요조 씨 말을 들으니 중요한 걸 놓칠 뻔했다는 생각이 드네요. 우리는 왜 자꾸 연애를 하는 게 더 좋은 것, 맞는 것이라고 생각할까요? 꼭 해야 되는 것도 아닌데 안 하면 왜 구박을 하는지.

강풀(게스트)　안 해도 돼요. 근데 본인들도 연애를 하고 싶어 할 때 문제가 되는 거 아닌가요?

요조　물론 사랑하는 사람과의 뜨거운 연애 감정을 누구나 겪고 싶겠죠. 하지만 아시잖아요. 내 맘대로 되는 일이 아니라는 거. 그런데 연애를 하지 않는다고 게으른 사람 취급하면서 왜 빨리 연애 안 하냐고 재촉하는 사람은 너무 야속해요.

남편이 미식가입니다. 저 힘들겠지요?

아내　연애할 때 처음 요리해주던 날 제일 먼저 들은 말이 "밥이 맛이 없어"였어요. 그땐 콩깍지가 씌어서 모르고 결혼을 한 거죠. 한번은 육수 끓이느라 멸치, 다시마, 무, 양파 등을 넣는데 건새우가 애매하게 남았더라고요. 그래서 남은 걸 탈탈 털어서 넣었어요. 그걸로 끓인 된장국을 밥상에 올렸더니 한 입 먹고는 "새우 너무 많이 넣은 거 아냐?" 이러는 거예요. 더덕구이 해달라고 해서 했더니 생선 구웠던 프라이팬에서 구웠냐고 냄새 난다고 한 입 먹고 안 먹었어요. 잘 닦고 했는데…….

(청중들 야유)

진기　엄마 밥이 맛있는 이유는 많이 먹어봐서 그런 거예요. 익숙한 음식이라는 건 안전한 음식이라는 뜻이잖아요. 아내 분과 더 오래 사시면 점점 더 맛있어질 겁니다.

제동　두 분이 알아서 잘 하시겠지만 딱 한 마디만 하자면, 고맙게 생각하시고 그냥 좀 드세요. 진짜 배부른 소리예요. 한 사람이 한 사람을 위해서 부엌에 서서 종종거리며 맛있게 해주려고 고민하고 노력하는 거란 말이에요. 어휴.

남편, 날 여자로 좀 봐줘

아내 저흰 19살에 만나서 10년 연애를 했고요, 지금은 결혼 15년차 동갑내기 부부예요. 연애를 할 때는 제일 좋은 친구이기도 했고 좋았는데, 남편이 승진을 할수록 가정의 행복도는 떨어지는 것 같아요. 회사가 너무 바빠지면서 대화하는 시간이 줄어들고, 자연스럽게 공감할 수 있는 것도 적어졌어요. 이건 뭐 동지애로 살아가는 건가, 형제가 되어가나 싶어서 연애를 하던 그 시간들이 너무 그립습니다.

제동 남편 분은 이 이야기를 들으니까 어떠세요?

남편 이런 얘기를 제가 먼저 꺼내고 손 내밀었어야 하는데, 조금 부끄럽기도 하고요. 앞으로는 더 나은 가정생활을 위해서 제가 더 충실하게 말을 잘 듣는 남편의 모습을 보여줘야 되겠다 싶습니다.

제동 지금 아내 분이 한 이야기는 성실하게 잘해달라는 얘기가 아닌 거 같아요. 충실한 건 남매나 친구 사이에도 할 수 있는 거고, 지금 궁금한 건 아직도 여자로 보이는지, 예쁜지 하는 거예요. 못 보셨겠지만 좀 아까 저한테 대신 물어봐달라고 하셨거든요.

아내 예전에 친구가 남편이랑 통화할 때 자연스럽게 "사랑해요" 하고 끊길래 저도 남편 전화가 왔을 때 "사랑해" 했어요. 그랬더니 "낮술 먹었냐?" 하더라고요. 제가 이렇게 애교 부릴 때 좀 받아줬으면 좋겠어요. 저도 노력할 거예요.

남편 여전히 제 눈에는 제일 예쁜 여자이고요. 아직도 많이 사랑해.

늘 설레지는 않지만

진기 여자분들이 잘 물어보시는 게 있어요. "자기, 아직도 나 만나면 설레?" 여기에 "안 설렌다"고 하면 큰일 나죠. 그런데 안 설레거든요.

(청중들 야유)

진기 집에 가는 길에 같이 사는 엄마 만난다고 설레세요?

청중들 아니요~

진기 근데 엄마 사랑하시죠?

청중들 네.

진기 그거거든요. 사랑하는데 안 설레는 거죠. 설레는 건 낯설고 새로운 상황에 대한 감정이에요. 항상 같은 패턴의 만남을 한다면 더 이상 설렐 수는 없어요. 그 안정감을 즐기시되 설렘을 원하면 좀 새로운 것들을 함께할 필요가 있습니다.

대화할 때 말보다 중요한 것

제동 서로 얘기하다 보면 말보다 눈빛이 중요할 때가 있어요. 입으로는 별다른 리액션을 안 하는데도 '잘 들어주고 있구나' 싶을 때. 그럴 때 사람이 받는 안정감 같은 게 있지요.

길영 실제로 커뮤니케이션을 할 때는 언어적 커뮤니케이션이 20%가 채 안 됩니다. 비언어적 커뮤니케이션이 80%가 넘어요.

제동 비언어적 커뮤니케이션이 뭔가요?

길영 방금 말씀하신 눈빛도 포함되고요. 손짓 같은 제스처, 표정 등이에요. 그것들이 80% 이상을 차지하기 때문에 외국어로 대화할 때 전화를 통해서 분쟁 해결하는 것이 제일 어려워요. 보이지가 않으니까요. 말 안 해도, 혹은 외국어라 말을 완벽하게 하지 못해도, 얼굴 보며 이야기할 때 알게 되는 것들이 정말 큽니다.

너 지금 뭐해?

제동　남자와 여자가 같은 말을 해도 속뜻은 다를 때가 종종 있는 거 같아요. 예를 들어서 남자가 "뭐해?"라고 물어보면 진짜 뭐하냐고 물어본 거예요. 하지만 여자에게 "뭐해?"라는 메시지가 오면 여러 가지 뜻이 있습니다. 정말 뭐하냐고 묻는 것일 때도 있고, "지금 나에게 투자할 약간의 시간이 있냐"고 묻는 것일 때도 있고, "뭐하느라 내가 연락할 때까지 아무 연락이 없냐"는 것일 때도 있어요.

길영　저 지금 처음 알았어요. 여태껏 그냥 물어보는 건 줄 알았는데!?

제동　저도 예전에 여자친구가 "오빠 뭐해?" 물으면 "나? 아무것도 안 하는데" 했어요. 그러면 "그게 궁금해서 물어본 게 아니잖아." "나 사실 당구 쳐." "그래? 그럼 계속 쳐." 하고 여자친구는 화가 났어요. 사실은 "시간 되면 나 만난다고 하더니 친구들하고 당구 치고 있어? 그럼 끝내고 나를 만나러 오든가. 거기서 뭐하고 있는 거야." 이거였죠. 그때는 그걸 몰라서 전화 끊고 친구들하고 상의했어요. "이거 뭐 어떻게 대답을 해야 되는 거냐?" "야, 바보야. 200 친다고 그래야지."

(청중들 웃음)

남자들이 이래요. 이렇게 여자 마음을 모릅니다.

제동 “자기 화났어?” “아니, 화 안 났는데.” 이 상황에서는 화났냐고 그만 물어보세요. 그냥 풀어주세요. ㅋㅋ

여자로 태어나서 좋은 것

sketchbook

우리 금쪽같은 신랑 만난 것
내 딸들의 엄마가 될 수 있어서 좋다
화장으로 변신할 수 있는 것
울고 싶을 때 눈치 보지 않고 펑펑 울 수 있다
일흔 살이 넘어도 보호받을 수 있어서 좋아요

제동 오, 아드님하고 오신 거예요? 좋으시겠다.

아들 어머니가 너무너무 오고 싶어 하셔서 같이 오게 됐습니다. 정말 좋아하시네요.

엄마 아들이 계속 방청 신청해서 당첨됐어요. 아들이 엄마 생각도 해주고 이제는 보호받는 기분이 들어서 좋아요.

제동 어머님이 뱃속에서부터 아주 조그마한 아들 잘 키워서 저렇게 다 자랄 때까지 보호하셨으니까 이제 받으시는 거지요.

엄마 감사합니다.

남자도 공감을 원해

곽정은(게스트) 여자들이 남자들에게 '우린 공감을 원하는데 너흰 너무 공감을 안 해줘'라고 자주 말해요. 그런데 인터뷰를 하다 보면 남자들도 여자만큼이나 공감 받고 싶어 하는 존재구나 생각하게 되더라고요.

제동 남자들이 그걸 잘 못할 뿐이지, 누군가 내 감정을 살펴봐줬으면 좋겠다는 욕망은 똑같아요. 친구들이나 어른들 술자리에 가서 술에 취한 남자들이 제일 많이 하는 말이 "내 말 좀 들어보라니까"예요. 아무도 안 들어주는 거야. 그러니까 서로서로 내 말 좀 들어보라고 하는 거죠. 남자들도 가장 인간적인, 공감에 대한 열망은 똑같은 거 같아요.

남자가 요리까지 잘해야 하나요?

청중 좋은 남자의 요건이 다양한 게 있는데, TV프로그램들 때문에 하나 더 추가되었어요. '요리'요. 집에서도 저한테 "너 이제 요리 배워야겠다" 하세요.

곽정은 남녀를 떠나서 누구나 요리 잘하면 좋죠. 하지만 대다수 여자분들이 바라는 건 백종원 씨처럼 엄청난 요리를 내 앞에 대령하라는 게 아니구요, 야근하고 돌아왔을 때나 외출하고 돌아왔을 때 "나 너 없어서 밥 못 먹었어"라는 얘긴 하지 말라는 거예요. 실제로 어머님 아버님 세대에는 어머니가 너무 아픈데 아버지가 "그래도 나 밥은 해줘야지" 하는 경우가 있었거든요. 간병을 해주진 못할망정! 대단한 요리를 생각하고 부담 가지지 마시고 그냥 생존요리 정도로 조금은 배우세요.

웃는 연습을 하는 아빠

남자

저희 집은 아파트 20층입니다. 퇴근길에 1층에서 엘리베이터를 타면 집에 올라갈 때까지 거울을 보면서 웃는 연습을 합니다. 아내와 아이들이 제 표정을 살피면서 눈치를 본다는 생각이 들고부터 그랬어요. 요즘엔 제가 집에서 희생하는 게 맞는지 저도 집에서 위로를 받는 게 맞는지 헷갈립니다. 참고 노력하는 게 나쁜 건 아니지만 내가 내 감정에 대해 얼마나 가족들에게 솔직하고 있는지에 대한 고민도 들고요.

이것에 대해 해결책을 듣고 싶었다기보다는 그냥 이야기하고 싶었습니다. 40대 가장이 아내와 아이들에게 이런 얘길 할 수 있는 기회가 많지 않거든요. 늘 듬직해야 한다고, 나무가 되어야 한다고 생각하다 보니 가장들도 외롭고 힘들 수 있다는 걸 알아주셨으면 합니다.

제동

객석에서 고개를 격하게 끄덕이는 분들이 많네요.

남자, 장남, 아버지의 무게.
결과는 원형탈모!

남편 3대 독자라서 부모님께 걱정 안 끼치려고 힘든 일이 있으면 혼자 해결하려고 노력해왔어요. 결혼을 하고 나니까 아내가 걱정할까봐 또 말을 못했고요. 혼자 짊어져야겠다는 생각이 너무 크니까 스트레스가 쌓이면서 원형탈모가 왔어요.

제동 말씀을 안 하시니까 몸이 대신 말을 해주는 거예요. 옆에 아내분은 알고 계셨습니까?

아내 네, 알고 있어요. 표현을 하도 안 해서 지켜보다가 가끔 "힘들지?" 하고 물어보면 아니래요. 그러다 같이 술 한잔할 때는 "나도 인간인가 봐. 힘들다" 하더라고요. 같이 헤쳐 나가는 게 부부라고 생각하는데 스스로 짊어지는 짐이 너무 큰 것 같아서 안쓰럽죠.

제동 이 프로그램 부제가 '걱정 말아요, 그대'예요. 걱정에 대한 답을 준다기보다는 모두가 서로의 걱정을 알아주면서 무게를 좀 줄여보자는 거죠. 어릴 때 배운 성역할에 대한 사회적 기대를 다들 버거워하고 있는 거 같아요. 잘 해내던 사람들도 어떤 시기가 넘어가면 그게 부담스러워지는 나이가 온다는 걸 공감하게 되고요. 지금 여기서 고민을 공유하셨듯이 가족에게도 좀 기대시면 마음의 무게도, 원형탈모도 점점 줄어들 거라고 생각합니다.

PART 03
취한 배 위의 당신에게

우리 삶이 점점 더 팍팍하게 느껴지는 이유

제동　국가의 부는 꾸준히 늘어나도 왜 사람들이 사는 건 계속 팍팍해지는 걸까요?

진기　'행복 만족도'가 국민소득 2만 달러까지는 비례해서 올라가요. 하지만 2만 달러를 넘기는 순간부터, 그러니까 절대적 빈곤이 해결되는 때부터 그 사회의 불행은 상대적 빈곤이 결정합니다. 대표적인 예가 "돈이 얼마나 있으면 행복할 것 같냐"는 질문이에요. 미국은 우리 돈으로 11억 원(100만 달러)쯤 있으면 행복하겠다는 것이 평균입니다. 재밌는 게 독일은 8억 원 정도 나오고, 두바이나 홍콩은 27억에서 28억 원이라고 해요. 한마디로 빈부격차랑 일치하는 것이죠. 우리나라는 물론 심각하고요.

THE
BOOK
OF
LOST
THING

돈 없어도 '이런 느낌'이면
살 수 있겠다 싶을 때

sketchbook

가족들 다 건강할 때
다 같이 돈 없을 때
옆에 사랑하는 사람이 있어줄 때
내가 꼭 필요한 역할을 하고 있는 느낌이 들 때
돈이 없어도 좋아해주는 사람이 있을 때
친구랑 어묵탕에 소주 2병 먹으면서 옛날 얘기할 때
가족들이랑 쭈쭈바 먹으면서 TV 볼 때

제동 다 같이 돈 없어도 함께 쓸 수 있는 영역이 좀 늘어났으면 좋겠어요. 돈이 없어도 함께 누릴 수 있는 것들이 많았으면 합니다.

청중 저희 집이 몇 년 동안 힘들었어요. 그런데 돈이 두려운 게 아니라 돈 때문에 우리와 관계가 안 좋아졌던 사람들이 무서웠어요. 돈이 있을 땐 느끼지 못했는데 돈이 없어지니까 무시하고 함부로 대하는 사람들. 그런 와중에 저에게 "그래도 너는 괜찮아. 너는 좋은 사람이야"라고 말해주는 사람을 만났을 때 행복했어요.

'취향존중' 해줘요

제동 저는 고기를 안 먹고 있습니다. 그럼 대부분 사람들이 불교냐고 물어요. 천주교라고 답하면 천주교인데 왜 고기를 안 먹느냐고 묻더라고요. 사실 그거랑은 상관이 없거든요. 그리고 그 말을 들은 사람들은 모든 채소를 다 제 앞에 갖다 줍니다. 하하. 저도 안 먹는 채소가 있어서 손을 안 대면 또 왜 채소를 안 먹느냐고 물어요. 채식주의자도 싫어하는 채소가 있습니다. 그럴 수 있는 거 아닌가요?

요조 제 이름은 한 소설 주인공 이름에서 따온 건데요, 대부분은 요조숙녀에서 따온 거라고 생각하세요. 그리고 제가 조용한 편이라서, 실제로도 요조숙녀 같을 거라고 생각들을 하시죠. 그런데 저는 몸에 타투도 있고, 술도 잘 먹고 그렇거든요. 이런 면을 보면 굉장히 깜짝깜짝 놀라시더라고요……. 그게 참 편하지는 않아요.

편견은 왜 위험한가

진기 예를 들어 일본 사람을 한 명 만났어요. 그런데 그 친구가 엄청 얍삽합니다. 그럼 우린 무슨 생각을 하게 되죠? '아, 일본 애들은 얍삽해.' 편견은 이렇게 일반화의 오류와 관련이 있어요. 우리가 모든 공간에 가볼 수 없고, 모든 시간을 살아볼 수 없는 인간의 유한성 때문에 발생하는 겁니다. 그래서 편견이라는 걸 아예 없앨 수 없고요.

그러한 편견은 집단화가 될 수 있어요. 사람들은 자신이 속한 집단의 특성을 우월한 것으로 여기고, 타 집단의 특성을 저열한 것으로 취급하곤 합니다. 거기서 차별이 발생하는 것이죠. 편견이라는 것 자체는 인간의 자연스러운 특성일 수 있지만 그것이 사회적 차별로 옮겨갈 가능성 때문에 항상 '편견을 조심해야 한다'고 말하게 되는 것입니다.

이야기를 나누기 전에는 몰랐던 것들

제동 이 부부가 15살 차이 난다고 하니까 "진짜? 헐!" 했는데 이렇게 얘기를 나누다 보니까 그냥 "귀엽고 유머감각 있는 남자와 여자가 함께 사는구나" 싶잖아요. 숫자 같은 함정에 너무 쉽게 빠지면 안 되는 것 같아요. 오늘 새롭게 알게 된 건, 편견이라는 건 그 사람을 직접 만나고, 이야기를 들어보면 바뀐다는 것이에요.

진기 말씀하신 대로 편견을 깨트리는 첫 번째 방법은 만남이에요. 전쟁에서도 백인 병사랑 흑인 병사를 같은 부대로 투입시키면 흑백간의 편견이 사라진다고 해요. 물론 만나도 편견이 사라지지 않는 경우가 있어요. 백인 주인과 흑인 하녀는 아무리 많이 만나도 소용없죠. 즉, 수평적 관계가 되지 않으면 서로에 대한 편견이 깨지지 않아요. 오늘 제동 씨가 청중 분들과 수평적 시선으로 대화를 잘 이끌어 가는 걸 보면서 사실 감탄했어요.
또 한 가지 중요한 방법은 독서예요. 우리가 다 만나고 다닐 수는 없잖아요? 아까 이야기했던 편견의 근원인 사람의 공간적, 시간적 한계를 극복하는 가장 좋은 방법이 책을 읽어보는 겁니다.

'무엇이 될 것인가'가 아니라 '어떻게 살 것인가'

서천석(패널) 저는 부모님들을 상담할 때 아이에게 무엇을 하고 싶은지 묻지 말고 어떻게 살고 싶은지 물으라고 해요. 무엇을 할지는 지금 알 수 없는 것이거든요. 세상은 계속 변하고 있고, 하물며 미래에 그 직업이 없을 수도 있잖아요? 하지만 지금부터 긴 시간 동안 어떤 마음으로 하루하루를 보낼지, 주변 사람들과 어떻게 지내고 싶은지 등등 어떻게 살 것인지는 생각해볼 필요가 있는 것 같아요. 특히 청소년기에 그 문제를 고민해야 그 생각이 점점 자라서 성숙한 마인드를 가진 어른이 될 수 있고요.

제동 맞는 말씀이네요. 아까 되고 싶은 것 없다고 했던 학생에게 다시 물을게요. 어떻게 살고 싶어요?

학생 남한테 피해 안 주면서 살고 싶어요.

제동 이걸 물으니까 대화가 되네.

서천석 아이들 원래 얘기 정말 잘합니다. 그런데 어른들이 자꾸 말문 막히는 질문만 했던 거죠. 남에게 피해 안 주고 주변 사람들과 즐겁게 잘 살고 싶다는 거, 정말 박수쳐줄 말이에요. 무엇이 되지는 못해도 어떻게 살 수는 있습니다.

투명하고 싶은 학교 밖 청소년입니다

소녀 저는 19살인데요, 자퇴했어요. 이 말을 들으면 다들 제 미래가 불투명할 거라고 하더라고요. 저도 고등학교나 대학교가 우리나라에서 보험 같은 거라고 생각하거든요. 알고 있지만 저는 공부하는 게 힘들었고, 원하는 곳에서 일하고 싶었어요. 저한테 어른들이 중졸이라고 하시면 '중졸이 나쁜 건 아니잖아' 하면서도 신경이 쓰여요. 사실 충분히 할 수 있는 게 많은데도 사회 전체가 그걸 제한하는 느낌을 받습니다.

진기 와. 이 학생이 말하는 것만 봐도 그 편견이 잘못됐다는 걸 알 것 같아요. 지금 1~2분 얘기하는 동안 구사한 어휘력과 주어 서술어 일치가 평균적인 고3 학생들을 능가해요. 저는 매일 고3 학생들을 만나기 때문에 몇 분 대화하면 느껴지거든요. 잘될 거예요. 걱정하지 마세요.

제동 이야기를 들으면서 미안하단 말을 꼭 하고 싶었어요. 미안해요. 사실 아저씨도 처음에 학교 중퇴했다고 하길래 '어후, 얘 어떡하냐' 싶었거든요. 솔직히 함부로 내뱉지 않을 뿐이지 무의식 중에 그런 생각이 안 드는 건 아니에요. 편견이 없는 것은 아니라서 불안한 마음이 들지만 응원할 거예요. 앞으로도 믿어주는 마음이 더 큰 어른들을 많이 만나길 바라요.

소녀 제가 선물을 가져왔는데 드려도 될까요?

제동 아이고, 뭔데요?

소녀 그림이요.

제동 (그림을 받아들고) 배를 손으로 들고 있고, 이렇게 적혀 있어요. "꿈에서 나는 거인이었다." 와…… 멋있는데?

저 농사지어요

남자 과수원에서 사과 농사짓습니다.

제동 사과 작황은 어떻습니까?

남자 별로 좋지 않습니다. 제가 24살인데, 작년부터 시작해서 아직 잘 몰라서요.

제동 어떻게 시작하게 됐어요?

남자 농고, 농대 졸업했거든요.

제동 책으로 배운 거랑 비교해서 진짜 농사지어 보니까 어때요?

남자 천지차이예요. 기후 변화도 제가 어쩔 수 있는 게 아니고, 같이 일할 분들도 별로 없고. 솔직히 저도 도시 나가서 놀고 싶거든요.

제동 맞아요. '힘들면 시골 내려가서 농사나 짓지 뭐' 하는 말이 제일 이상한 거 같아요. 옆에 계신 여자친구는 어떻게 생각하세요? 남자친구 뭐하냐고 물어서 농사짓는다고 하면 사람들이 뭐라던가요?

여자 웃거나 장난치지 말라고 할 때도 많아요. 근데 저는 그냥 자랑스럽고 멋있다고 생각하고 있어요. 요새 먹을 걸로 장난치는 사람도 너무 많잖아요. 농업에 대한 인식이 좀 바뀌어야 할 거 같아요.

제동 100퍼센트 공감합니다. 어린아이들이 장래희망에 농부라고 적는 날이 오기를 바라봅니다.

너희 집은 몇 평이야?

제동 '집 평수와 자동차'는 왜 폭력인가요?

청중 요즘 아이들끼리 어릴 때부터 "너희 집은 몇 평 사냐, 너희 집 차는 뭐냐" 이런 걸 묻고 기가 죽고 한대요. "영어유치원을 나왔느냐"부터 해서. 너무 이른 나이부터 그런 것에 노출되면서 상처를 많이 받는 거 같아요. 이런 게 폭력 아닌가요?

사회과학자에게 폭력이란

진기　사회과학에서는 인간이 동물과 다르다고 봅니다. 동물적 특성으로 통제가 안 될 때 화를 낸다면, 사람만 화를 내는 상황은 뭘까요? 그건 비교당할 때예요. 상대성에 대한 거죠. 초등학생들이 가장 화를 낼 때가 언제던가요? '옆집 애는'으로 시작할 때죠. 제동 씨가 화가 날 때는? 조인성 볼 때죠. 이렇게 단순한 거예요.

우리 '빈곤'에 대해서도 생각해보자구요. 빈곤은 사회적 문제이죠. 절대적 빈곤을 가지고 화내는 사람은 없어요. 그건 극복의 대상일 뿐이에요. 그런데 상대적 빈곤은 화를 불러일으킵니다. 호랑이들은 옆 동네 호랑이가 토끼 많이 잡아먹었다고 화 내지 않아요. 하지만 인간은 화를 내죠. 그래서 불평등이 심화되면 사회 전체가 화가 많아지면서 폭력적이 되는 거예요. 실제로 불평등지수가 10% 늘어날 때마다 학교폭력이 4% 늘어납니다.

자신의 뒷담화를 한 후배들 때문에 괴로워하는 청중에게

제동   안 맞으면 안 보는 것도 방법입니다. 예전에는 어떻게 해서든 나랑 안 맞는 사람 마음에도 들려고 노력했는데, 이제는 '네, 알겠습니다' 그러고 안 봐요. 물론 계속 봐야 하는 경우도 있죠. 방송을 매주 같이 한다든지…… 그럼 그 시간만 견디면 돼요. 그렇게 모든 사람과 좋은 관계를 유지해야 된다는 강박에서 벗어나는 것만 해도 좀 편해지는 것 같아요. 자신을 먼저 보호하는 거잖아요.

면접장에서의 언어폭력을 호소하는 학생에게

진기

저 폭력은 진짜 나쁜 폭력이에요. 보통 누구를 때릴 때는 내가 상대방에게 가해하고 있다는 걸 알거든요. 그런데 그 면접관들은 자기가 폭력을 행사하고 있다는 걸 잘 몰라요. 이런 걸 구조적 폭력이라고 합니다. 사회 구조가 그걸 만들어낸 거죠.

폭력의 정의라는 게 '압도적인 힘으로 상대방을 지배하는 것'인데, 본인들은 그 힘을 행사하고 있다는 것조차 자각이 안 되는 겁니다. 회사에서 보면 부장들이 대리나 사원을 어리고 만만하게 보는데, 면접 온 애들은 사원 되려고 하는 애들이니 무슨 말을 못하겠어요?

제가 한 가지 말씀드리고 싶은 건 사이버 상에서라도 대응을 하세요. 회사는 기업이라 평판 관리가 중요하거든요. 불리한 부분에 대해서는 늦게나마 피드백이 옵니다. 실제로 최근 면접관들이 변하는 경향이 언론에 보도되고 있죠. 그러니까 젊은이들이 바꿔나가셔야 돼요. 사이버 상에서 X나게 까세요. 하하.

성폭력에 대한 사연을 읽고

청중

제가 관련된 일을 하고 있는데요……. 중요한 건 폭력을 바라볼 때 특히, 성폭력이나 어린아이에 대한 폭력을 바라볼 때 우리 모두가 관점을 통일해야 한다는 거예요. 그렇지 않으면 그 아이는 죽을 때까지 피해자 낙인에서 벗어나지 못하거든요.

끊임없이 이야기해줘야 돼요. 네가 잘못한 게 아니고 네 몸을 만진 그 어른이 정말 나쁜 사람이다. 네가 그걸 숨기게 만들었던 우리가 정말 미안하다. 그 아이의 상처가 정말 충분히 아물 때까지 사과해야 하는 거죠. 어른으로서.

경쟁, 그만하고 싶다

진기 한국에서 벌어지는 폭력의 특징은 '경쟁'으로부터 출발하는 거라고 봅니다. TV프로그램만 해도 오디션에서 떨어지고 눈물 흘리는 모습을 자연스럽게 보여주고 있고, 그것이 유행까지 됐죠.

경쟁은 두 가지 폭력을 일으킵니다. 첫 번째는 경쟁 과정에서 승리하기 위한 폭력을 정당화시키는 과정이 나오고, 두 번째는 그 경쟁 과정에서 패배한 사람들이 대리만족을 하기 위해서 새로운 희생양을 끌어들여요. 한 예가 바로 왕따죠. 요즘 여성비하 문제가 커졌죠? 남성의 경쟁문화가 심해지면 바로 대두되는 문제예요. 한국 남자들은 경쟁을 두려워하지 않고 자연스럽게 서열도 매기는데, 그런 경쟁에서 도태된 사람들이 새로운 희생양으로 여성을 끌어들이는 경우가 발생하는 겁니다.

누구의 잘못도 아닌 일

제동 ‘할까 말까’ 선택의 문제가 아니라
아예 엄두도 못 낼 만큼 살기 힘든 사회가 되는 것에 대해서
함께 고민해야 하지 않을까, 하는 생각이 들어요.
누가 어떤 잘못을 한 것도 아니라면
전체를 구성하는 시스템 자체의 잘못일 수도 있다는 것.
토끼와 거북이가 경주하는데 거북이한테
무조건 열심히 하라고만 해서 해결되는 건 아니잖아요.
왜 이 둘을 경쟁시키는 말도 안 되는 짓이 시작됐는지부터
살펴봐야 되는 거 아닌가요?

사춘기 소년소녀에게 정치란?

진기　일반적으로 나이가 들면 보수적인 정치 성향을 가진다고 이야기하지 않습니까? 그런데 최근 미국의 한 대학 연구 결과에 의하면 10대 후반에 어떤 정치를 경험했느냐가 그 사람의 정치적 성향을 결정한다고 합니다. 미국에서 1950년대 공화당 전성기에 중·고등학교를 다닌 사람들은 평생 공화당 지지자로 남고, 1960년대 민주당 전성기에 10대 후반이었던 사람들은 평생 민주당 지지자로 남은 경우가 많거든요. 이를 우리 경우에 도입해도 잘 맞아 떨어집니다. 10대 때 어떤 정치적 사건이 있었느냐 등등이 평생을 지배하는 거죠. 그 뒤에 겪는 경험들이 주는 충격보다 사춘기 시절에 겪은 충격이 훨씬 더 큰 겁니다. 3~40대 이후에는 공정성에 대한 반응이 무뎌지지만 10대 때는 '공정한 것과 공정하지 않은 것'에 대한 반응이 대단히 예민한 것도 일맥상통한 이야기입니다.

면접이 아니라 공포체험

취준생1 직장생활을 5년 하다가 새로운 도전을 했었어요. 잘 안 됐어요. 지금은 그 길 포기하고 재취업 준비하고 있는데 면접 보러 다니면서 그런 일이 있었어요. 면접관이 제 학력 보면서 "공부를 되게 안 했구나. 그 학교에 그런 과가 있었어?"라고……. 뭐가 잘못된 걸까, 잘못 살아온 건가 싶었죠. 거의 두 달 동안은 시체처럼 널브러져 있었어요. 극단적인 생각도 했고요. 지금은 극복했지만요.

제동 극복했다는 건 어떤 의미예요?

취준생1 마음의 여유가 조금 생긴 거 같아요.

제동 어떻게 그렇게 됐죠?

취준생1 계기가 따로 있었던 건 아닌데…… 시간도 좀 흘렀고요. 그래서 상처가 잊히기도 했고, 어느새 제가 희망을 주섬주섬 주워서 다시 갖고 있더라고요. 내가 원하는 대로 살아왔고, 가슴 뛰는 선택을 해왔다는 믿음을 다시 다잡았어요.

취준생2 저도 취업 준비 중입니다. 아까 공포라는 건 눈앞에 생명의 위협이 왔을 때 느끼는 거라고 하셨는데 정말 저희에겐 생존의 위협입니다. 최근에 진로를 확실히 정했더니 마음의 안정이 찾아왔어요. 결과에 대한 평가는 나중으로 미뤄둬도 될 거 같아요. 당장 생각 없이 지내겠다는 게 아니라 내가 지금 선택한 것들이 어떻게 나의 밑거름이 되었구나 하는 것은 좀 더 미래의 나에게 맡겨두면 공포가 좀 걷히더라고요.

뭐가 중요했는지 다시 생각해요

청중 부모들의 마음은 이해합니다. 자식이 좋은 대학 가서 좋은 직장 잡으면 좋겠지요. 제가 내년이면 일흔이라 많이 겪고 많이 봤어요. 자식들은 절대로 부모 마음대로 안 됩니다. 자기가 알아서 자기가 하고 싶은 거 해야지, 부모가 "이거 해라, 저거 해라" 하는 건 절대로 안 돼요. 그런데도 부모가 원하는 대로 살게 만들었다? 그 아이는 행복하지 않을 확률이 너무 높아요. 그냥 저녁때마다 한 번 안아주는 거, 그거나 해요.

제동 오늘 제가 하고 싶었던 얘기는 이 분이 다 해주셨습니다.

내 아이보다 먼저 죽을까봐 공포

엄마 　제 아이는 지적장애2급이에요. 19살이 되었는데 아직도 저희 집 강아지랑 똑같이 싸우곤 해요. 주위 사람들은 애가 나중에 혼자 벌어먹고 살 수 있도록 인지 치료든 뭐든 해야 하는 것 아니냐고 하는데 아이가 별로 좋아하지 않았어요. 저랑 남편은 아이가 행복한 게 먼저라는 생각에 추억 쌓기를 열심히 하고 있어요.

저희가 지난번에도 왔었거든요. 그런데 아이가 너무너무 행복해하는 거예요. 제동이 삼촌이랑 사진 찍었다고 동네방네 자랑하고 난리가 났었어요. 장애아들 훌륭하게 키워낸 다른 엄마들을 보면 내가 더 독하게, 야무지게 해야 하는 것 아닌가 하는 자괴감에도 빠지고, 아이를 한 명 더 낳아서 나나 남편이 죽더라도 서로 의지하고 살 수 있게 해야 하는 것 아닌가 하는 고민을 수도 없이 합니다. 하지만 저는 아이가 여기에 와서 스케치북에 "엄마 아빠 사랑해요, 제동이 삼촌 저 왔어요"라고 쓰면서 행복해하는 이 순간이 너무 감사한 거예요. 나중을 걱정하는 것보다 지금 당장 많이 행복하고 많이 감사하고 많이 사랑하면서 살려고 저희 세 식구는 열심히 여기저기 다니고 있어요.

(청중들 박수)

수없이 외웠던 정답을 쓰지 못한 날

요조　　저는 아무래도 노래하는 사람이다 보니까 그것과 관련한 실수가 제일 두렵고 자주 악몽으로 꾸기도 해요. 실제로 어떤 공연에서는 노래 첫 소절부터 갑자기 생각이 안 나서 그 곡을 못 불렀어요.

제동　　그래서 어떻게 됐어요?

요조　　그 공연이 심지어 수능 끝난 고3 학생들을 위한 자리였거든요. "여러분들 정말 고생하셨다, 잘 봤냐는 질문 같은 건 하지 않겠다" 하고 멋있는 몇 마디 하고 "첫 곡 들려드릴게요" 했는데 정말 갑자기 한마디도 생각이 안 나는 거예요.

제동　　근데 어쩌면 그날 시험 본 학생들한테 엄청 위로가 됐겠는데요? 시험지 받자마자 갑자기 머리가 하얘졌던 학생들한테요. 일부러 그랬으면 천재인데? 저 같았으면 왠지 펑펑 울었을 거 같아요.

요조　　옆에서 기타 치는 친구는 전주만 반복하고 있고. 저는 얼어붙어 있다가 사과했어요.

제동　　학생들이 뭐라고 했어요?

요조　　그냥 박수 쳐줬어요.

제동　　그것 봐요. 그렇다니까.

너넨 왜 이상한 줄임말을 쓰는 거야?

청중 국어교사입니다. 아이들 말을 못 알아듣겠어요.

진기 공감합니다. 무서운 건 아이들은 항상 같은 나이거든요. 매년 19살인 아이들을 만나는데 저는 한 살 한 살 나이를 먹어가죠. 강의에서 제일 중요한 눈높이 맞추는 일이 해마다 조금씩 자신 없어져요.

제동 저번에 누가 고터에서 만나자고 하더라고요. 고성 같은 건 줄 알았는데 고속터미널이라고……. 거기 앞 파크로 오라고 해서 그게 무슨 공원이냐고 하니까 파리크라상이라고! 허허, 이게 도대체……!? 선생님은 뭐가 제일 힘드신가요?

청중 저도 줄임말이요. 전 아직 4학년 안 됐는데도 모르는 게 너무 많아요.

제동 하하하. 지금 앞에 앉아 있는 학생이 친구한테 "4학년이 뭐야?" 하니까 친구가 "40대가 안 됐다는 얘기야" 하네요. 요즘 애들은 또 그런 말 안 쓰거든요. 다들 자기 시대의 언어를 사용하네요. 선생님한테 제일 어려운 말은 뭐였나요?

청중 어휴, 기억도 잘 안 나요. 귀척, 존예, 이런 거.

제동 존예? 아, 존X 예쁘다. 방송에 나갈 수 있으려나? 저도 들어봤어요. 지나가던 학생들이 "오, 아저씨, 생각보다 존잘!" 그래서 펜잘인 줄 알았는데.

진기 아이들이 왜 그런 단어를 점점 많이 쓰는지를 생각하면 좀 안타까워요. 자신들의 스트레스가 많기 때문에 또래 집단끼리 쓰는 외계어를 만들어서 결속력을 강화하는 건데, 그래서 더 어른들과 대화가 안 되지요. 그들은 우리 마음을 모른다는 기저가 깔려 있어요. 왜 이상한 말 쓰냐고 나무랄 게 아니라 우리가 신중하게 생각할 문제인 거 같고요.

손 잡아주세요

—— 진기 우리는 인간이라서 사회적 생명을 박탈당할 때가 가장 공포스러운 거예요. 학생들이 성적 떨어지는 것도 무서워하지만 친구들에게 왕따 당할 때를 더 무서워하는 것처럼요. 중년 남자들도 비슷한데 회사에서 잘릴 것도 무섭지만 내 편이겠거니 했던 가정에서 받아들여지지 않을 때가 더 무서운 거지요. 취준생이 느끼는 고통도 마찬가지예요. 당장 돈을 못 번다는 것도 있지만 어떤 집단에도 속하지 못하고 거부당하는 기분이 들 때 사회적 생명이 끝날지도 모른다는 고통이 오죠. 그럴 때 옆에 있는 사람이 손 한번 잡아주는 게 참 어렵고 저도 잘 못하지만…… 다시 뭔가를 해봐야겠다는 생각이 듭니다.

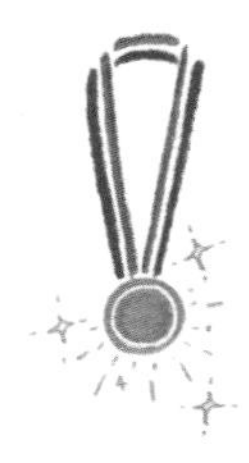

숫자 2와 사람들

제동 오늘 주제는 '2'입니다. '이'라고 읽을 수도 있고 '둘'로도 읽을 수 있고 또 뭐 있을까요. 최진기 선생님은 딱 보고 어떤 생각이 떠올랐습니까?

진기 어이가 없었죠. 평상 시 우리 주제였던 편견, 공포 이런 거랑 너무 다르잖아요. 2를 어떻게 사회과학적으로 풀어요? 고민을 엄청 했어요.
그러다가 든 생각은 '어질 인(仁)' 자가 '사람 인'에 '두 이' 자가 붙어 있잖아요. 사람이 둘 있어야 어질어지는 거지요. 하나가 서양의 수라면 둘은 동양의 수겠구나 하는 생각을 했어요.
서양 사람들은 물에 빠지면 "헬프 미" 하죠? 우리는 나를 도와달라고 하지 않고 "사람 살려"라고 해요. 너도 사람이고 나도 사람이니까 네가 나를 돕고 나도 너를 도와야 한다는 관계론에서 출발하는 겁니다. 하나가 존재의 수라면, 둘은 관계의 수라는 생각을 해봤습니다.

길영 올림픽에서는 2등이 제일 표정이 안 좋습니다. 오히려 3등의 표정이 더 밝아요. 코넬 대학교 교수가 조사해서 통계도 내봤다고 해요. 아쉬움의 문제이지요. 조금만 더 잘했으면 전 세계 1등인데. 그리고 3등의 경우에 3,4위전에서 이긴 거잖아요? 그런데 2등은 마지막에 1등한테 진 거고요. 우리나라 신문에 항상 '아쉽게도 은메달에 머물렀다'라는 말이 나와요. 승자독식의 사회를 여실히 보여주는 것 같아 무섭습니다.

2에 대한 또 다른 관점은, 1보다 우월한 2예요. 레벨1, 레벨2처럼요. 첫 번째 판을 깨야 두 번째 판이 나오거든요. 그런데 우리는 첫 번째 판도 없이 두 번째 판을 깨보라고 강요하는 세상을 사는 것 같아요. 처음부터 그럴 수는 없으니까 레벨2가 될 때까지 좀 기다려주고 응원해주는 사회가 되면 멋지겠다는 생각이 들었습니다.

제2의 인생을 살다

청중

전직 레슬링 국가대표입니다. 2002년 아시안게임에 나갔었어요. 부산이니까 더 유리할 것 같아서 '나도 메달 딸 수 있겠구나' 하는 기대감도 있었고, 부모님이 헌신적으로 저를 뒷바라지해주신 것에 보답할 수 있겠다고 생각했어요. 그런데 헤비급으로 나갔더니 외국 선수들의 체형이나 체격이 완전 다른 거예요. 게다가 세계대회 3연패한 선수들이 줄줄이 와 있어서 동메달이라도 따야지 했는데 3,4위전에서 지고 4위를 했어요. 선수대기실로 돌아가면 "엄마 나 잘했지" 하고 싶었는데…… 아무 말도 못하고 있으니까 갑자기 큰 수건이 저를 턱 하고 감싸면서 "아들, 수고했다" 하시더라고요. 너무 죄송했고, '나는 아무리 몸이 바스러지게 해도 안 되는구나' 하고 절망했었어요.

그렇게 운동 그만두고 방황하다가 아버지 사업을 물려받겠다고 했습니다. 처음 그 얘기를 꺼냈을 때 만감이 교차하는 눈빛이셨어요. 그동안 제가 너무 힘들게 운동하니까 말씀을 안 하셨을 뿐 많이 힘드셨더라고요. 주위 사람들은 저에게 "부모 잘 만나서 먹고산다"고 했어요. 그런데 해보니까 이 선택은 운동과 또 다르게 너무 힘든 거예요. 그래도 이번에는 20년, 30년 이상 계속 발전시켜 나가겠다는 책임감으로 제2의 인생을 살고 있습니다.

누군가에게는 1등

홍진호(게스트) 제가 숫자 '2'랑 관련이 좀 많아요. 2등하기로 유명했죠.
스타크래프트 선수생활을 11년간 했는데, 성적은
상위권이지만 계속 우승을 못하니까 2인자라는 콤플렉스가
생겼었어요. 그거 때문에 되게 힘들어했었죠.
하지만 나중에는 마음가짐이 중요하다는 생각이 들었어요.
'사람들이 다 나를 2등 인생으로 생각할지라도 나한테 나는
1등이다'라는 자부심으로 살았던 거 같아요.

제동 그럼 2라서 행복했던 적 있으십니까?

길영 저는 두 번째 직업을 가졌을 때 너무 행복했습니다. 원래
기술을 전공했는데 사람 마음을 읽는 일로 바꿨거든요.
행복했어요. 정말로.

제동 멋지다. 부럽다. 진호 씨는 어떠세요?

홍진호 저도 지금 행복합니다. 예전에는 2인자라는 게
콤플렉스였지만 지금은 그것 덕분에 많은 사람들 기억 속에
남아 있을 수 있으니까 만족해요.

니들이 둘째의 설움을 알아?

딸 지금은 오빠도 있고 동생도 있어서 좋은데요, 가운데 낀 둘째라서 어릴 때는 이리저리 많이 치이고 포기해야 되는 것도 많았어요. 먹을 것도 그렇고 부모님 사랑도 그렇고.

제동 그렇죠. 그거 서럽지요.

요조 어릴 때 받은 설움은 은근히 잘 안 잊히는 것 같아요.

제동 맞아요. 아이고, 따님이 또 우시네.

엄마 첫째는 기대가 많았고, 막내는 챙겨줘야겠고, 아무래도 둘째는 신경을 많이 못 써줬어요. 얘가 또 딸이고 그래서 제가 장사할 때 자기가 밥도 해서 가져다주고. 철이 일찍 들었다고 생각했는데 속으로 속상한 게 많았던 것 같아요.

제동 어머님은 몇 째세요?

엄마 저도 가운데 낀 셋째요.

제동 서러운 건 없으셨어요?

엄마 많았죠. 게다가 딸 다섯에 아들 하나거든요. 예전에는 더더구나 아들만 중요하게 생각하셨잖아요. 저흰 정말 존재감이 없었죠. 둘째가 힘들었겠구나 생각은 많이 합니다. 그래도 나이 들어가면서 딸이랑은 정말 친구 이상의 관계가 되는 것 같아요. 얘가 있어서 얼마나 좋은지 몰라요.

길영 저는 누나 셋에 막내아들이라서 어릴 때는 잘 몰랐어요. 부모가 되어서 보니까 열 손가락 물어 안 아픈 손가락이 없습니다. 그런데 안 물어도 아픈 손가락이 있어요. 늘 부족한 자식이 먼저 보이게 되더라고요. 그래서 그쪽에 부모 손이 먼저 가는 거예요. 얘가 좀 부족하니 다른 애가 양보해주면 좋겠다는 생각도 드는 거지요. 거꾸로 손이 덜 갔다는 것은 그분이 잘 살아오셨다는 거예요. '내가 다른 형제보다 잘 크고 부모 걱정 덜 시켰구나' 생각하시면 위로가 되지 않을까요?

'2'라서 행복한 것들

sketchbook

둘째라서 총대 안 매도 된다

둘도 없는 친구가 있어서 행복해요

두 번째 만남이 기대돼요

생일이 두 개라서 행복해요

제동 생일이 왜 두 개예요? 음력이랑 양력?

청중 제가 21살 이후에 두 번째 인생을 살고 있거든요. 백혈병에 걸려서 죽다 살아났어요. 그때 남동생에게서 골수이식을 받았어요. 2년 만에 완치 판정을 받았고 이제 13년이 지났어요. 동생에게 골수이식 받은 그날을 생일로 챙기고 있습니다. 올해는 초 13개를 꽂을 예정이에요.

제동 이야, 축하합니다.

보복 운전과 우리 사회의 관계

제동 보복 운전 같은 것은 사회과학적으로 어떻게 설명할 수 있습니까?

진기 세 가지 원인이 있어요. 첫 번째는 익명성이죠. 운전하다 보면 트럭이 확 끼어들잖아요? 하지만 거기서 내리는 운전수는 아주 왜소한 사람일 수도 있죠. 두 번째는 빈부격차예요. 러시아에서는 폭행 사건이 여름보다 겨울에 확 증가한다고 합니다. 왜 그럴까요? 여름에 입은 옷은 빈부격차가 별로 안 드러나지만 겨울옷은 모피 코트처럼 생활수준을 더 잘 보여줘서 그렇다는 거예요. 자동차에 있어서도 비슷한 경험을 하게 되죠. 세 번째는 불공정성에 의한 분노예요. 우리가 1시간 안에 가장 많은 규칙을 지켜야 하는 게 언제겠어요? 운전할 때지요. 도로 위에서는 불공정성이 아주 금방 눈에 띄어요. 나는 줄서서 기다렸는데 막 끼어들면 분노가 치밀어 오르는 거죠. 그런데 이 중에서 익명성은 어느 나라에서나 똑같은데 교통 선진국과 후진국의 차이가 나죠? 그건 빈부격차가 적은지와 규칙을 어겼을 때 처벌이 엄격한지에 달려 있습니다.

아는 사람의 힘

제동 보통 아는 사람에게는 분노가 좀 덜한 것 같아요. 옆에서 차가 획 끼어들어서 "저걸 우이씨" 하면서 쳐다봤더니 옆집 사람이라든지, 우리 애 가르치는 선생님이라든지 그러면 분노가 사그라지잖아요? 그러니까 우리가 서로 많이 알아가야 해요.

길영 실제로 엑스레이 판독할 때 환자의 얼굴 사진을 같이 붙여 놓으면 판독률이 올라간대요. 좀 더 신경 써서 보는 거지요.

제동 아, 그냥 어두운 바탕에 흰 뼈로만 보이다가 이게 사람으로 보이는 거군요.

열정 페이 같은 소리하고 있네

청중 메이크업을 전공하고 있습니다. 서울로 공연 메이크업을 하러 몇 번 갔었는데 원래 공고에는 교통비를 지급해주겠다고 했었어요. 왕복 3만 원씩 들었는데 학생이다 보니 부담이 됐거든요. 그런데 끝나고 나니까 지급을 안 해주는 거예요. 연락했더니 담당자가 아직 결재가 안 났다, 예산이 부족한가 보다, 그러더라고요. 며칠 뒤에 다시 연락했더니 담당자 바뀌었대요. 일단 제가 즐거운 일을 했으니까 거기서 만족하고 그만뒀는데, 학생들한테 스펙과 경험이라는 명목 하에 그러면 안 되지 않나 싶습니다.

진기 열정 페이는 저임금 문제랑은 구분해서 논해야 합니다. 물가 대비 시급 적은 문제는 육체노동을 착취하는 거죠. 그런데 열정 페이는 노동 착취뿐 아니라 그 사람의 꿈까지 착취하는 겁니다. 저임금도 시급하긴 하지만 열정 페이가 왜 일어났는지도 잘 살펴야 해요. 제일 큰 원인은 숙련 노동과 비숙련 노동의 임금 격차가 계속 벌어져서 그런 거고요. 제일 나쁜 게 "너 여기 돈 벌러 왔냐?" 하잖아요. 어린 친구들이 개인적으로 그 질문에 답하기가 어렵지요. 사회적으로 답변을 마련해야 합니다.

길영 열정 페이는 우리 생활과도 다 연결되어 있어요. 할리우드 영화를 보면 한국 영화보다 제작비가 훨씬 많이 들어가요. 우리나라에서는 스태프들한테 인건비를 제대로 지급하지 않고 기본적인 근로 규약조차 없거든요. 꿈을 담보로 해서 누군가의 기본적인 권리를 무시하는 거죠. 그런 사회는 미래 경쟁력을 당겨서 쓰고 있는 겁니다. 나중에는 그 업계에 갈 사람들이 안 남거든요. 그 대가는 결국 우리가 치러야 되겠죠.

시간이 빨리 가는 이유

진기 나이가 들면 들수록 시간이 빨리 흐른다고 하지요? 그 이유는 새로운 사건을 못 만나서 그런 겁니다. 10살 때 매일 새로운 경험을 100가지씩 한다고 하면, 60살이 되면 하루에 새로운 경험을 10가지밖에 못하겠죠. 우리는 시간을 기억한다고 하지만 사실은 사건을 기억하는 거거든요. 시간이라는 개념은 즉 사건의 개념이에요. 어릴 때는 새로운 일들을 계속 겪기 때문에 시간이 굉장히 더딘 속도로 가는 것처럼 느껴지지만 나이 들었을 때는 익숙한 일상을 보내느라 시간이 빨리 지나가버리는 겁니다.

제동 맞아요. 나이 들수록 만나는 친구들만 만나게 되고 익숙한 것만 찾으니까. 왜 점점 그렇게 되는 걸까요?

진기 똑똑해져서 그래요. 예전에 정재승 교수님이 인간 지능은 47세에서 55세일 때 제일 높다는 얘기도 해주셨잖아요. 나이 들어 공부하면 속도가 느리다고 하는데, 암기를 할 필요가 없다고 판단해서 그래요. 맥락만 이해를 하는 거죠. 암기 대신 이해하는 것으로 접근하려고 들거든요. 그거랑 비슷한 논리로 우리 뇌가 새로운 사람 만나봤자 어떤 시간이 될지 예측하는 거예요. 그리고 굳이 만날 필요 없다는 판단을 내리죠. 그래서 나이 들수록 누구 만나는 데 이유와 목적을 따지고, 회피하게 되는 겁니다.

제동　근데 저는 이유나 목적 없이 만나는 것도 좋던데.

진기　아직 젊으신 거죠.

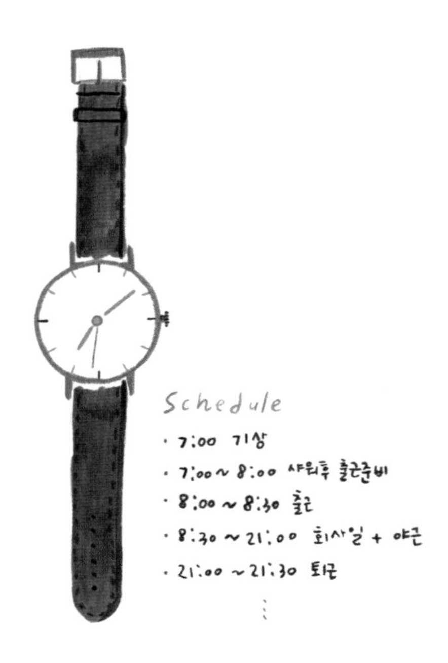

시간 강박증 때문에 괴로워하는 사람에게

청중 처음에는 그냥 시간 약속을 잘 지켜야겠다는 생각에 5분, 10분 서둘렀는데 이제는 집착이 되었어요. 8시에 만나기로 했으면 7시 반에는 가 있고, 즐거우려고 하는 여행인데 오전 11시에만 나가도 되는 것을 새벽 6시부터 준비하고요. 주위 사람들이 이제는 저랑 약속하면 불편하다고 해요. 출근 안 늦었는데도 10분 전에 도착하려고 미친 듯이 뛰면서 스스로 '내가 미쳤구나, 이게 나를 구속하는구나' 했어요.

제동 시간을 지키려고 지나치게 노력하는 것 자체가 내가 가진 시간을 갉아먹고 있잖아요. 일부러라도 시간을 어겨 보시고, 그래도 아무 일도 안 일어난다는 것을 겪으셔야 할 것 같아요. 예전에 법륜 스님께서 3박 4일 참선하고 명상하는 시간을 내라고 하셨어요. 그런데 제가 계속 시간이 안 되는 바람에 1년을 미뤘거든요. 그랬더니 스님이 어느 날 "누구 인생이냐"고 물으셨어요. "제 인생입니다" 했더니 "인생에서 너를 위한 시간을 3박 4일도 못 내면서 네 인생이라고 할 수 있냐"고 하셨어요. 그게 되게 가슴에 와 닿았던 기억이 납니다. 자기한테 쓰는 시간을 늘려주는 게 강박을 줄이는 지름길이겠네요. 느긋하게 배 깔고 누워 있는 그런 시간도 용납해주세요.

돌고 도는 이야기

제동 무슨 얘기 하고 싶으십니까?

청중1 행복.

제동 왜 행복에 대해서 얘기하고 싶으세요?

청중1 일하면서 스트레스를 많이 받고, 행복한 삶에 대한 고민이 많아서요.

제동 실례지만 하시는 일이?

청중1 선생님이요.

제동 엇, 옆에 분은 왜 웃으시는 거죠?

청중2 왠지 알 것 같아서요.

제동 같은 직업이세요?

청중2 아뇨. 가게 손님 중에 중·고등학생이 많아요. 가게에 잠깐 왔다 가는데도 선생님 욕을 되게 많이 해요. 근데 딱 들어도 선생님이 잘되라고 하는 말인 거 같아서 선생님들 엄청 힘드시겠다 했죠.

제동 그러셨구나. 이거 엄청난 위로가 되시겠네. 어떤 가겐지 여쭤봐도 됩니까?

청중2 세탁소요. 하하.

제동 그럼 학생들이 교복 줄이러?

청중2 세탁만요. 줄이러 오는 건 안 받아요. 저희 엄마가 용납을 안 하세요.

제동 하하하. 세탁소에서 학교 욕한 애들이 학교 가면 세탁소 욕하겠는데요.

청중2 문 열고 나가면서부터 욕해요.

제동 이야, 그래요? 자, 중학생 얘기도 들어보겠습니다.

청중3 어…… 저도 과하지 않게, 학생답게 하는 게 좋다고 생각합니다. (웃음)

비정상으로 분류되는 것들

진기　정상적이라는 건 평균에 수렴한다는 개념입니다. 올바르지 않은 것을 가리키는 비정상도 있지만 옳고 그름의 영역으로 접근해서는 안 되는 것들이 많아요. 예를 들면 외모가 늙어가는 것은 정상인데, 안티에이징 열풍이 불면서 마치 비정상처럼 여겨지고 있어요. 또 생산이 표준화됨에 따라 소품종 소량 생산이 소품종 다량 생산으로 바뀌었어요. 그럼으로써 규격화되고 그걸 소비하지 못하는 사람들을 비정상으로 분리시켜 나가는 거예요. 의류에서도 전형적으로 벌어지는 현상이죠. 44, 55, 66 사이즈를 만들어놓고 그걸 입지 못하는 사람들을 배제시킵니다. 55 사이즈는 큰 건가요?

요조　55 사이즈도 작은 거예요.

진기　그렇죠. 55면 체구가 작은 사람들이 입는 편인데 그걸 정상이라고 여깁니다. 재밌는 현상이지요.

힙합에 빠진 엄마, 쇼미더마미!

딸 　저랑 오빠가 랩을 좋아해서 <쇼미더머니>를 계속 같이 봤더니 이제는 엄마가 빠져서 옆에서 계속 랩 하세요. 여기 온다고 랩도 준비하셨어요.

제동 　아하하. 어머님, 어떻게 랩을 하게 되신 거예요?

엄마 　아이들이랑 같이 보내는 시간이 별로 없었는데 방학이라 같이 TV를 보다 보니까 너무 재밌더라고요. 따라하다 보니 이제 생활이 됐어요.

제동 　그럼 어떻게 준비하신 랩 좀……?

엄마 　네, 해볼게요. 어, 어, ♬ 김제동 톡투유 방송출연 했지, TV에 나온다고 자랑을 했지, 이러다 편집되면 개망신! (하하하) 피디가 센스 있으면 이 장면 살리겠지, 예~

내 얼굴은 비정상인가

요조 저는 여자분들한테 궁금한 것이 있는데요, 마스크팩 할 때 그런 생각 안 드세요? 마스크팩이 분명 평균적인 얼굴형에 맞춰서 제작됐을 것 같은데, 저는 그게 잘 안 맞아요. 이마 부분이 너무 부족하고 턱은 많이 남아요. 그래서 내 얼굴형이 대한민국 표준에서 이렇게 많이 벗어났나 생각하거든요. 이런 생각 안 하세요?

제동 박수가 터져 나오고 있습니다. (웃음)

한국에서 아름다운 것

알베르토(게스트) 한국은 정답사회라고 할 만큼 정답에 가깝게 살려고 하는 노력이 많은 것 같아요. 그래서 비정상회담을 신기하고 재밌게 생각해주신 것 같고요.

제가 8년 동안 한국에 머무른 외국 관광객이잖아요? 여기저기 가봤고 한국 구경 되게 많이 했어요. 그런데 한국에서 제일 아름다운 게 뭔지 아세요? 자연도 도시도 좋지만, 한국에서 제일 아름다운 건 한국 사람이에요. 제가 보기에는 다들 정말 아름답습니다.

시험이 쉬웠으면 좋겠어요

제동 꿈꾸는 학교에 대해서 얘기해볼까요?

학생 시험이 쉬웠으면 좋겠어요.

제동 그리고 또?

학생 시험이 쉬웠으면 좋겠어요.

제동 그다음엔?

학생 그냥 시험이 쉬웠으면 좋겠어요.

제동 알겠어요.(웃음) 우리도 이해되잖아요. 근데 시험이 있어야 공부를 하지 싶기도 하고?

길영 지난주에 북유럽 어떤 나라에서 시험 시간 중에 선생님이 학생에게 답을 가르쳐주는 기사를 봤어요.

제동 시험 시간에요?

길영 네. 시험 시간에 학생이 "이게 뭐예요?" 물었더니 답을 가르쳐주는 거였어요. 시험은 모자란 것이 뭔지 알고, 그 모자란 것을 가르쳐주기 위한 것이지 학생을 평가하려는 게 아니라는 내용이었지요. 굉장히 놀랐습니다. 한국에서 시험이 계속 어려워지는 것은 학생들에게 공부를 시키려는 것도 있지만 변별력 때문이에요. 등수를 매겨서 경쟁에서 이기는 사람을 뽑아 기회를 주려는 거지요. 시험이 쉬웠으면 좋겠다고 세 번이나 말씀하신 게 굉장히 와 닿았습니다.

제동 시험이 쉬워져서 애들이 좋아하는 시도 외우고 그럴 마음의 여유가 있으면 좋겠어요. 책에서 봤는데, 어떤 학교 소풍에서 장기자랑을 했는데 전부 춤추고 노래하고 태권도하고 학원에서 배운 걸 했대요. 그런데 어떤 아이가 학원을 못 다녀서 자기는 할 줄 아는 게 없다며 시를 암송했더니 그 아이가 장기자랑 1등을 한 거예요. 선생님이랑 아이들이 모두 처음 본 거죠. 시를 외워서 다니는 아이를요. 그 이야기 보고 엄청 뭉클했어요. 시 한 편 외우면 평생 힘이 될 때도 있거든요.

시를 외우는 사람들

제동 혹시 시 외우고 계신 분 있습니까?

청중1 저, 완벽하게 못 외더라도 양해 부탁드립니다. 제일 좋아하는 시여서 고등학교 때 열심히 외웠는데 가물가물하네요. 김춘수 시인의 「꽃」이라는 시입니다.
"내가 그의 이름을 불러주기 전에는 그는 다만 하나의 몸짓에 지나지 않았다. 내가 그의 이름을 불러 주었을 때 그는 나에게로 와서 꽃이 되었다. 내가 그의 이름을 불러 준 것처럼 나의 이 빛깔과 향기에 알맞은 누가 나의 이름을 불러다오. 어…… 우리들은 모두 무엇이 되고 싶다. 너는 나에게, 나는 너에게 잊혀지지 않는 하나의 눈짓이 되고 싶다."
중간에 한 구절 빼먹은 것 같아요.

청중2 저도 「꽃」이라는 시인데, 방송에 나갈 수 있을지 모르겠어요.

제동 왜요?

청중2 첫 행이 "남자들은 왜 여자만 보면 만지려고 그러죠"로 시작합니다.

제동 (웃음) 방송통신위원회에서 시적 허용으로 용인해줄 거라고 생각합니다. 갈까요?

청중2 네. 김남주 시인의 「꽃」입니다.

"남자들은 왜 여자만 보면 만지려고 그러죠? 그 이유를 말하지. 저기 좀 봐 길가에 핀 꽃, 맨드라미를. 나는 방금 맨드라미를 보고 말의 볼기짝이라 생각했고 그 생각에 잠시 잠기다가 그에게로 다가가고 싶었고, 그 향기에 취하고 싶었고, 그에게 가까이 막상 다가갔더니 만지고 싶었고, 그리고 만졌어. 그뿐이야. 왜 꺾지는 않았지요? 울 테니까 꽃이."

제동 저도 한 편 있습니다. 추사 김정희의 시조인데 어떤 사람들은 무섭다고 그러더라고요. 그런데 사람에 대한 절절한 사랑을 이렇게 표현할 수도 있구나 싶었습니다. 아내가 죽은 것을 귀향지에서 듣고 그 아내에게 바치는 시조입니다.

"어찌하면 저승의 월하노인에게 하소연하여 다음 생에는 우리 부부 바꾸어 태어나 나는 죽고 당신이 천 리 떨어진 곳에 홀로 살아남아 그대로 하여금 나의 이 비통함을 알게 하고 싶다오." 이거 보고 되게 저릿저릿했어요. 혹시 최진기 선생님도 기억나는 게 있으신지?

진기 저는 체 게바라가 생각났습니다. 그가 체포를 당해서 빼앗긴 가방 속에서는 파블로 네루다의 시집이 나왔대요. 게릴라 전투 하느라 아무것도 못 먹고 돌아다녔는데 말이죠.

얼마나 멋있습니까? "우리 모두 리얼리스트가 되자. 그러나 가슴속에는 늘 불가능한 꿈을 가지고 살자." 그가 한 말처럼 정말 멋있는 사람이라고 생각해요. 시는 그런 거라고 생각합니다.

제동 　네. 사실 시를 외울 만한 사회면 살 만한 데가 아니겠습니까?

청중3 　고등학교 때 힘이 되었던 시 한번 읊어볼게요. 랭보의 「여름」입니다.

"푸른 여름 저녁 오솔길을 가려니, 마음은 꿈꾸듯 발걸음은 가볍고, 맨머리는 부는 바람에 시원하리라. 아무 말 없이 아무 생각 없이 가슴속에는 한없는 사랑만 가득 안고 멀리멀리 방랑객처럼 나는 가리니. 연인과 함께 가듯 자연 속을 가리라."

청중4 　윤동주 시인의 「서시」를 참 좋아합니다.

"죽는 날까지 하늘을 우러러 한 점 부끄럼 없기를. 잎새에 이는 바람에도 나는 괴로워했다. 별을 노래하는 마음으로 모든 죽어가는 것을 사랑해야지. 그리고 나에게 주어진 길을 걸어가야겠다. 오늘 밤에도 별이 바람에 스치운다."

이상입니다.

(청중들 박수)

PART 04
내가 곁에 있어 줄게요

네 걱정을 하다가 그만

제동　살다 보면 누군가에 대해서 진짜 많이 걱정하다가 내 고민을 잊어버리는 경험이 있잖아요. 특히 부모님들이 자식 걱정 맨날 하다 보면 내가 어떻게 되는지는 잊어버리기도 하시죠. 그러다 상대방 고민이 해결되면 내 걱정까지 해결되는 느낌이 들 때도 있고요. 그게 바로 다른 사람에게 깊이 공감할 때 가질 수 있는 행복이 아닌가, 하는 생각을 요즘 가끔씩 합니다.

원더우먼인 줄 알았던 울 엄마,
점점 할머니가 되어 갑니다

청중 어머니가 저랑 누나를 혼자 키우셔서 고생을 많이 하셨어요. 그런데 재작년에 시한폭탄이라는 뇌동맥류 판정을 받으셨어요. 의사가 약도 없고 치료법도 없다고 하더라고요. 저도 그렇게 괴로웠는데 당사자인 어머니는 얼마나 고통스러울까 생각을 하게 됐죠.
예전엔 집안일 시키셔서 제가 짜증을 내면 등짝을 한 대 확 날리셨거든요. 근데 지금은…… 되게 서운한 표정을 지으시더라고요. 한번은 새벽에 화장실에 가는데 어머니가 불을 켜고 주무시는 거예요. 다음 날 왜 불 켜고 주무셨냐고 여쭤보니까 무서웠다고 하시더라구요. 그 말을 들은 뒤로 저도 잠이 잘 안 와요.

제동 이런 마음 어머님께 얘기한 적 있어요?

청중 아뇨, 없어요.

제동 이야기해보세요. 엄마 아마 불 끄고 주무실 수 있을 거예요. 그다음에 말도 더 걸고, 장난도 더 많이 치시고. 어머니께 한마디 하실래요?

청중

엄마 저 막내아들이에요. 엄마가 머리 아프다고 부여잡고 계실 때 아무것도 못하는 게 참 한심스럽고, 출근 늦었다고 육교 뛰어올라 가실 때 정말 자식으로서 너무 가슴이 아픕니다. 제가 아직 학생이고, 취업 걱정하고 있는 때라 당장은 어머니께 일 그만두라는 말씀도 못 드리지만, 앞으로는 엄마가 힘들 때 기댈 수 있는 아들이 되겠습니다. 사랑합니다.

애초에 원더우먼은 존재하지 않았어요

진기 모든 엄마들은 원래부터 원더우먼이 아니에요. 모두 힘겹게 그 일을 해내고 있는 거고요. 엄마가 할머니가 되는 건 누구도 의연하게 받아들일 수 없어요.
40대까지 여러분들을 가장 괴롭히는 게 뭔가요? 가장 많이 나오는 답변은 돈이에요. 여러분을 불행하게 만드는 것은 50대 때 바뀝니다. 건강으로요. 반대로 행복을 위해서 가장 필요한 것은요? 50대 전까지는 가족이라고 꼽습니다. 50대가 넘어가면 그것도 건강으로 바뀌어요. 우리 그냥…… 부모님 건강 서로 더 많이 챙기는 걸로 하죠. 저도 자격이 없어서 더 이상은 말씀 못 드리겠습니다.

사소한 순간에 사랑을 느낍니다

청중1 대학교 1학년 때 중간고사 끝나고 방에서 게임을 하고 있었어요. 아버지가 노크를 하시더니 문을 열고 들어와서 저를 보시는 거예요. 좀 한심하게 보일 것 같아서 흠칫 했거든요. 그런데 아버지가 "아, 미안하다. 나중에 얘기하자. 경기 하는 거 끝나면 알려줘" 하고 문 닫고 나가시는 거예요. 그때 너무 깜짝 놀랐어요. 그냥 놀고 있는 건데도 나를 기다려주신다는 게 나를 정말 존중해주시는구나 싶어서요. 나중에야 말씀드렸지만 굉장히 감동 받았었죠.

청중2 제가 수능을 되게 못 봤어요. 수시 쓴 거 다 떨어지고 발표 안 난 거 하나만 기다리는 중이었는데 엄마가 아침에 조기 살을 발라서 주시는 거예요. 엄마가 고3 때 많이 도와주셨는데도 결과가 안 좋게 나와서 너무 미안한 상황이었거든요. 그런 순간에도 아침부터 저 먹으라고 가시 많은 조기 살을 다 발라주셔서 그때 엄마가 정말 저를 사랑한다고 느꼈어요.

너만이 나에게

제동 　강아지가 뽀뽀해줄 때 어떤 기분이 들어요?

청중 　오래 살았으면 좋겠다고…….

제동 　강아지가요? 몇 살인데요?

청중 　10살 넘었어요.

제동 　이름이 뭐예요?

청중 　몽이요.

제동 　몽이한테 한마디 하세요.

청중 　사실 몽이 생각하면 눈물부터 나요. 요새 아파서.

제동 　완전히 물아일체네요, 몽이하고. 그럴 때 사람은 행복하죠. 너와 나의 구분이 없어질 때. 그래서 반려견을 키운다고 하더라구요. 저도 키우고 싶은데 집에 있는 시간이 별로 없어서 못 키우고 있어요.

청중 　그럼 키우지 마세요. 내가 외로워서 반려견을 키우면 반려견이 외로워요.

제동 　그래서 못 키운다니까요.(ㅠㅠ) 다시 몽이한테 한마디?

청중 　건강하게 오래오래 같이 살자!

어떤 존재가 반갑다는 것

제동 집 앞 작은 마당에 가끔 고양이가 찾아오길래 밥을 몇 번 줬거든요. 사료용 그릇까지 사가지고 지금까지 세 번 정도. 근데 얼마 전에 멀리 다녀오느라 밥을 못 줬어요. 그러다 며칠 만에 들어갔는데 얘가 거실 유리창 밖에 앉아서 너무 당당하게 '나 밥 안 주냐' 하는 표정으로 쳐다보더라고요.

청중 그럴 때 기분이 어떠셨어요?

제동 솔직히요? 저게 여자면 좋겠다 했죠.

(청중들 웃음)

아니, 웃자고 한 얘기고, 되게 반가워요. 식구가 생긴 느낌?

아니야, 내가 미안해

엄마 저는 딸이 셋 있는데요, 다시 일을 하게 됐어요. 직업상 밤늦게 들어와서 아이들 밥을 못 챙겨주거든요. 큰딸은 야자 하느라 힘들어하고, 둘째랑 막내도 한참 먹을 때인데……. 자꾸 못해주는 것들이 생각나네요.(울먹)

제동 옆에 따님은 엄마 얘기 들으니까 어떤 마음이 들어요?

딸 엄마가 바쁘셔서 제가 동생 둘을 잘 챙겨야 하는데 저도 고등학교 올라가서 바쁘니까 동생들한테 미안해요. 엄마도 일하시느라 힘든데 늦게 들어와서 또 챙겨주려고 하시니까 죄송하기도 하고.

제동 큰딸은 더 힘드네. 위로는 엄마, 아래로는 동생들한테 미안해하느라. 어머님은 큰딸이 이런 생각하는 건 알고 계셨어요?

엄마 얘가 이것저것 잘해요. TV에 나온 요리 따라서 동생들 해주고. 요즘 시간이 없어서 미안해한다는 건 알고는 있었어요.

제동 아이고, 우린 이런 얘기하면 꼭 다른 분들까지 이렇게 울더라고요. 딸이 얘기하면 딸들이 울고, 엄마가 얘기하면 엄마들 울고.
큰딸이 이렇게 이미 자라 있는 거예요. 뿌듯해하고 그냥 좋아하시면 되겠어요. 잘 키워놓으셨는데 뭘 그래요. 동생들도 언니가 해준 음식이 더 맛있을지도 몰라요. 흐흐

제동 엄마 음식 맛있어요?

딸 네.

제동 누가 한 게 제일 맛있어요?

딸 아빠.

제동 하하하하.

이런 밥 먹고 싶다

sketchbook

와이프와 치맥

아플 때 신랑이 인터넷 뒤져서 끓여준 미역국 다시 먹고 싶다

친구들과 삼겹살

엄마 밥해줘. 된장국 먹고 싶어. 다음 주에 갈게~

내가 끓인 미역국

큰딸하고 찌개에 소주 한잔

제동 '내가 끓인 미역국'은 맛있어서요? 특이하시다.

청중1 아버지 생신 때 태어나서 처음으로 미역국을 끓여드렸어요. 근데 제가 먹어봐도 썩 맛있진 않았거든요. 그런데 아버지가 그때 바쁘셔서 나중에 혼자 드시고 되게 맛있게 잘 먹었다고 말씀해주셨어요. 그래서 이제 같이 먹어보고 싶은 마음이 들어서 이렇게 적었습니다.

제동 아버님은 따님하고 소주 안 드셔보셨어요?

청중2 친구들하고는 종종 마시고 다니는 것 같은데 아빠하고 소주 한잔하자고 하면 이 핑계 저 핑계 대면서 안 마시더라고요. 제 꿈 중에 하나가 결혼해서 아이가 크면 저랑 술 편하게 마셔주는 거였는데.

제동 신기하게 어떤 거 먹고 싶은지 물었는데 음식 이름만 적는 경우는 없네요. 그만큼 우리가 누구랑 어떻게 먹는지가 중요한 거 같아요. 오늘 주제가 '밥'이었지만 밥 속에 모든 얘기가 다 있었던 것 같습니다.

김치찌개
짠!

조용한 공간이 주는 위안

제동

나중에 이렇게 사람들과 얘기할 수 있는 곳을 만들고 싶어요. 북카페 같은 걸 차려서 안쪽에 사제관처럼 조용한 공간도 마련하고요. 그 안에 누군가 들어가서 한 시간 동안 이야기하면 서로 보이지 않는 쪽에 또 다른 누군가가 앉아서 들어주는. 괜찮겠죠? 점집하고는 달라요! (웃음) 날마다 출근하듯이 들러서 사람들하고 얘기하고 헤어지고 그랬으면 좋겠어요.

산후우울증으로 힘들었던 사람에게

청중 아이가 세 살 때 너무 힘들었어요. 정신 차려 보니까 제가 아이 어깨를 붙잡고 세게 흔들고 있더라고요. 겁먹은 아이의 표정을 보고 '나한테 문제가 있구나'를 처음으로 느꼈어요. 병원에 찾아갔더니 아니나 다를까 산후우울증이 심각한 상태였고요. 그걸 저도 신랑도 아무도 자각을 할 수 없었고, 도와줄 수 있는 사람도 없었죠. 지금은 서로 공부하고 노력해서 고쳐가고 있어요. 저도 엄마가 처음이고 아이도 자녀가 처음이니까요. 이래저래 많이 노력하고 있습니다.

진기 충분히 이해가 갑니다. 내 몸 안에서 컨트롤하던 대상이 어느 날 나와 분리되고, 뜻대로 되지 않으니 우울증 생길 법도 하죠. 그런 글을 본 적이 있어요. 우울증은 '세상을 향해서 도움을 외치는 마음의 절규'라고. 그 말이 확 와닿았어요. 근데 청중 분은 지금 세상을 향해서 진짜 외쳤잖아요. 그럼 된 거 같아요. 그 절규를 들은 사람들이 이제 손만 내밀어주면 해결될 테니까요.

제동 그래요…… 내 아이가 매일 매순간 예쁘면 그것도 이상한 거죠.

진기 그런 일은 벌어지지 않아요.

자아가 생긴 열 살 아이 때문에

제동 오늘은 같이 무슨 이야기하면 좋겠습니까?

청중 사는 얘기요.

제동 사는 게 어떠세요, 요새?

청중 힘들어요!!!

제동 뭐가 제일 힘드세요?

청중 아이가 말을 안 들어서 힘들어요.

제동 아이가 몇 살인데요?

청중 10대입니다. 열 살.

제동 하하, 열 살도 10대가 맞긴 맞네요. 어떤 때 말을 안 듣나요?

청중 자아가 생긴 거 같아요. 반인간에서 인간이 되는 시점인지. 예를 들어서 숙제를 하라고 하면 아홉 살까지는 "어우" 하면서 했어요. 그런데 10대에 들어서면서부터는 "할게" 하고 안 해요.

제동 허허허, 열다섯 살이 되면 "안 해" 하고 안 합니다.

청중 그땐 어떻게 키우면 돼요?

제동 5년 더 버티세요. 스무 살이 되면 집밖에만 돌아다녀서 안 보입니다.

청중 인내를 배워야겠네요. 그 5년을 위해서.

제동 아이한테 하고 싶은 얘기 한마디 하세요.

청중 빨리 크거라…….

제동 (웃음) 그래도 아이 때문에 좋은 날도 많으시죠?

청중 그럼요, 늘 행복하죠. 하하. 5분 정도 슬프고 나머지는 다 행복합니다.

초등학생과 야동의 관계

청중 초등학교 5학년인 쌍둥이 아들이 있는데요, 아내가 최근에 당황하는 일이 있었어요. 공부하라고 아이패드를 줬더니 그걸로 야동 본 걸 걸린 거예요. 이것 참, 아빠 입장에서도 성교육을 어떻게 해야 할지…….

제동 와우. 아이들이 아빠가 담아놓은 거 본 거 아니에요?

청중 아니에요! 유튜브였어요.

제동 오, 애들이 그런 걸 어떻게 찾았지.

청중 역시 요즘 애들 빠르더라고요.

제동 일단 너무 크게 걱정은…… 우리 솔직해집시다. 저도 야동을 처음 본 게 5학년 아니면 6학년 때였던 거 같아요. 아버님은 뭐라고 얘기하셨어요?

청중 저도 당황스러워서 뭐라고 했는지 잘 기억이 안 나네요. 호기심에 봤다고 하길래 아직은 볼 때가 아니라고 했던 거 같아요.

제동 많이 야단 치셨어요?

청중 엇나갈까봐 좋게 좋게 얘기했습니다.

제동 혹시 같은 경험 해본 적 없으십니까?

청중 노코멘트 할게요. (웃음)

제동 몇 학년 때였는지만 여쭤봐도 될까요?

청중 저도 6학년.

제동 네네. 근데 지금 쌍둥이 낳고 잘 사시잖아요. 아이들도 그렇지 않을까요?

동생의 중2병

엄마 딸 하나, 아들 하나 있는데 둘이 서로 말을 안 해요. 거의 2~3년 되어 갑니다. 다른 집들도 이런지 모르겠네요.

제동 오늘은 따님이랑 오셨네요. 따님, 동생 보면 어떤 느낌이에요?

딸 이해가 안 돼요.

제동 어떤 것들이?

딸 행동하는 거 하나하나가 다요.

제동 그냥 하나하나 다 싫어요?

딸 네. 말하는 것도 마음에 안 들어요.

제동 그래서 말 안 하게 됐어요?

딸 결정적인 건 어느 날 아침밥 먹고 있는데 걔가 절 때렸어요. 안경도 쓰고 있는데 주먹으로 빡.

제동 많이 다쳤어요?

딸 하루 종일 머리가 어지러웠어요.

제동 말 안 할 만하네. 길 가다가 모르는 사람이랑 그런 일 있으면 민사건 형사건 소송 걸고 난리잖아요. 그런데 가족이라 그럴 수 없으니 감정적인 대치상황이 이어지는 게 너무 당연한 일이죠. 앞으로 4~5년 지난다고 해서 꼭 말해야 된다는 강박

갖지 마세요. 동생이랑 얘기 안 해도 잘 살 수 있어요. 본인만 안 불편하면 됐어요. 누구의 중2병이 됐든 당연한 과정을 거치고 있네요. 제가 이렇게 얘기해서 어머님 서운하신가요?

엄마 네.

제동 서운하실 수 있어요. 그런데 놔둬보세요. 중2, 중3 지나고 어느새 누나 멀리 대학 간다거나 시집간다고 하면 동생이 제일 많이 울걸요? 저도 그랬어요. 저는 누나가 많아서 세력 다툼이 춘추전국시대가 따로 없었죠. 누나 보기 싫다고 가출한 적도 있어요. 자식 낳아보지 않은 저로서는 이런 얘기를 해드리고, 어머님은 또 서운하시고 이럴 수밖에 없지만, 지금 우리가 해줄 수 있는 건 사실 하나뿐인 거 같아요. 둘에게 시간을 주는 거요. 혹시 동생한테 몇 년 만에 하고 싶은 이야기 있어요? 없으면 안 해도 돼요.

딸 지금은 없어요.

제동 알겠어요. 괜찮아요. 어머님은 혹시 아드님에게?

엄마 이 시간을 조금 더 빨리, 짧게 거치고 지나갔으면 좋겠어.

10년간 못 쉰 아내를 위해 방청 신청했어요

남편 10여 년 전에 제 직장이 바뀌면서 수입이 줄어들어서 아이 엄마가 가게를 시작하게 됐어요. 그러다 보니까 빚이 생겨서 빚을 갚으려고 아등바등 살다 보니까 지금까지 왔어요. 빚은 이제 다 갚았는데 쉬는 습관 자체를 잊어버린 것 같습니다. 아내가 이 프로그램을 너무 좋아하는데 마침 이번 주 주제가 '휴식'이라고 하길래 방청을 신청하게 됐습니다.

(청중들 박수)

제동 어이구, 진짜 고생 많이 하셨겠네요.

아내 처음에는 정말 힘들었어요. 잘되는 거라곤 없고. 그런데 제 자리에서 맡은 일을 열심히 하다 보니까 쉬지 않았다는 부분에 대해서는 그다지 손해 봤다고 생각은 안 해요. 아이 아빠가 진짜 좋은 사람이거든요. 늘 버팀목이 되어주고요. 오늘 여기 오게 해준 것만 봐도 그렇지 않나요? 사랑합니다~~~ (웃음)

평생 휴가 올인했어요

남편 아내랑 같이 1년 동안 여행을 다녀왔습니다. 날짜를 계산해보니까 여행기간이 정년까지 제가 쉴 수 있는 휴가 일수랑 비슷하더라고요. 그래서 사연 제목을 저렇게 썼습니다.

제동 어떻게 가게 된 거예요?

남편 회사가 많이 바빴어요. 쉬고 싶을 때 못 쉬고, 배고플 때 밥 못 먹고, 눈 감겨도 일해야 하니까 '아 쉬고 싶다, 길게 쉬고 싶다' 이런 생각만 들어서 아내를 설득해서 회사를 그만두고 갔다 왔습니다.

아내 결혼하고 두 달 지나서 그 얘기를 하더라고요. 저한테는 청천벽력이었어요. 맞벌이로 바짝 벌어서 아이도 낳고, 집도 장만해야겠다는 일반적인 계획이 있잖아요. 그런데 성실하게 일하던 사람이 갑자기 그런 얘길 하는 거예요. 엄청 싸웠지요. 웃긴 게 이유는 둘 다 똑같았어요. 저는 결혼했으니까 못 간다는 거였고, 남편은 결혼했으니까 혼자가 아닌 둘인데 무서울 게 뭐 있냐고 했고요.

제동 와, 그래서 설득되신 겁니까?

아내 남편이 어느 날 장례식장을 가야된다고 했어요. "동료 부모님?" 하고 물어봤는데 옆자리 동료가 죽었다고……. 남편 고민이 더 많아진 걸 느꼈어요. 미루고 미루다가 언젠가는 '그랬어야 했는데' 하면서 후회만 할까봐 이런저런 일을 계기로 떠났던 거지요.

제동 혹시 여행 다녀와서 다시 취업을 하셨나요?

남편 취업은 했는데 연봉은 전보다 반 이상 줄어든 상태입니다.

제동 후회되세요?

남편 후회는 전혀 없고요. 평생 꺼내 먹을 만한 좋은 추억을 쌓고 왔기 때문에 하루하루 사는 게 즐거워요. 지금까지는 그렇습니다.

제동 이건 아내분의 동의가 또 필요할 거 같은데요?

아내 물론 어려운 점도 있기는 한데, 여행 길게 다녀와서 태도가 좀 달라졌어요. 계절 바뀌는 것도 느껴가면서 살고, 낭만이랑 유머가 있는 삶이 됐다고 할까요? 돈이 부족해서 후회한 적이 아직은 없어요.

언니, 이제는 편히 쉬어

딸

제가 방청 신청 사연을 쓸 때는 언니를 간호하고 있을 때였어요. 그런데 딱 일주일 전에 언니가 하늘나라로 갔고요. 신청할 때는 그냥…… 저희 엄마가 이 프로그램을 되게 좋아하세요. 누워 있는 언니한테는 미안했지만 엄마, 아빠도 좋아하는 걸 잠시나마 하게 해드리고 싶더라고요. 언니랑 약속도 했었거든요. 엄마, 아빠가 좋아하는 「열린 음악회」 같은 거 꼭 보내드리자고. 그래서 포항에서 모시고 올라왔어요. 얘기가 너무 무겁나요?

제동

아니, 아니요. 저는 그냥 「열린 음악회」 좋아하신다고 해서 노래 한 곡 해야 되나 하고 있었어요. 하하.

아빠

오늘 정말 감사합니다. 작은딸이 이런 걸 신청한 줄은 모르고 있었습니다. 지난 주 토요일에 큰아이를 보내고 일주일 만에 이런 데를 와도 되나 망설였어요. 근데 저도 사실 좋아하거든요. 문득 '지금 하자' 하는 생각이 들었습니다. 큰애는 악성 뇌종양으로…… 그래도 저희에겐 6개월이라는 시간이 주어졌었고 너무나 감사한 시간이었습니다. 그 아이가 마지막에 피아노도 쳐줬었지요. 저랑 제 아내 벨소리입니다. 저도 직장생활 하고 있습니다만 한국 사회 살면서도 너무 눈치 보지 말고 지금이 가장 중요합니다. 제가 지금 두서가 없죠. 그래도 말씀 좀 드리겠습니다.

병실에 앉아 있는데 창밖에 차가 지나갔습니다. 그런데 아내가
기차가 예쁘게 지나간다고 하대요. 제가 참 미안했습니다.
살면서 우리 가족끼리 기차여행쯤 얼마든지 갈 수도 있었는데
그런 시간을 제가 몰랐습니다.
그리고 또…… 아이 때문에 뇌종양 커뮤니티에 가입을
했었습니다. 거기서 어떤 분과 대화를 하면서 많은 위로를
받았어요. 주위 사람들은 "잘 견뎌라. 네가 부모인데 중심을
잡아야지. 다른 자식도 있는데" 했는데 거기 분은 "울고 싶으면
울어라. 어른도 울어도 괜찮다" 하셨지요. 구석방에 가서
20분 정도 울고 나왔습니다. 어제 작은아이하고도 "아빠, 내일
녹화는 춘천에서 한대요." "그래, 우리 춘천 가자. 제동 씨 보러
가자." 이렇게 왔습니다.
여러분도 지금 쉬시고요. 되돌아오지 않는 시간입니다.
방금 여행 다녀와서 인터뷰하시는 분들의 행복한 얼굴 참
부러웠거든요. 용기 내셔서 지금 하고 싶은 일 하십시오.
감사합니다.

(청중들 박수)

이유 없이 우울할 때

sketchbook

월요일 아침, 남편이 출근할 때

사춘기라서 맨날

어디로든 떠나고 싶을 때

월급날 은행님이 월급 다 가져갈 때

퇴근 후 불 꺼진 텅 빈 집

아무 연락도 오지 않는 핸드폰을 볼 때

문득문득 떠오르는 옛 기억

제동 오늘 비가 와서 그런지 전체적으로 다들 센티하네요. 계속 같이 얘기나 해봅시다.

내 마음 알아주기를

엄마 딸이 너무 제 마음을 몰라줘요. 저는 정말 최선을 다해서 키웠는데. 딸이 너무 큰 산을 넘는 중이어서 도와주려고 했더니 아주 강하게 뿌리치더라고요. 원망도 하고.

제동 오늘 같이 오셨어요?

엄마 같이 오려고 했는데 안 오겠다고 해서 그냥 두고 왔어요.

아빠 제 생각에는 딸이 뿌리치기는 하지만, 엄마한테 미안하다는 생각을 표현 못 하고 있는 것 같습니다.

제동 네, 그럴 수도 있고요. 제 경우에는 어머니가 저한테 "자식 삼아, 남편 삼아 키웠다"라고 늘 그랬거든요. "내가 너에 대한 사랑이 얼마나 큰 줄 아냐? 힘들면 나한테 얘기해라." 그때 제 마음속에 드는 생각은 "엄마, 그 얘기가 제일 힘들어"였어요.

엄마 아, 그래요?

제동 날 남편까지는 생각하지 말고, 소유물로 생각하지도 말고, 조금 놔두면 엄마를 바라볼 텐데. 엄마가 너무 가까이 오니까 못 보겠는 거예요. 그리고 또 한 가지 경우는 자식이 너무 힘들 때 엄마한테 "됐어" 하는 것 자체가 사랑일 수 있어요.
내가 넘어졌을 때 지나가던 사람이 "괜찮으세요?" 하면 "아, 예. 고맙습니다" 하겠지만 너무 아프고 창피한데 엄마가 달려와서

"너 괜찮냐?" 하면 "저리 가. 제발 내가 넘어진 걸 알리지 마. 지금 쪽팔리단 말이야." 그럴 수도 있지 않을까 싶어요.

옆자리 청중 그 말씀이 맞는 것 같아요. 저도 너무 힘들면 그걸 엄마랑 공유하고 싶지 않을 때도 있거든요. 뿌리치는 게 아니라 그냥 엄마한테 그 힘든 걸 나눠주고 싶지 않은 거예요. 마음의 여유가 있을 때 좋은 모습 보여드리고 싶고.

제동 그런데 지금처럼 이렇게 모르는 사람들끼리는 의외로 힘든 걸 잘 털어놓더라고요. 두 분이 포옹이라도?

옆자리 청중 제가 안아드릴게요.

(서로 안고 토닥토닥)

네가 최고라니까, 속고만 살았냐

아들 지금까지 어머니한테 속았습니다. 저한테 잘생겼다고, 김제동 형보다 낫다고 하셨는데 여기 와보니까 아닌 것 같아요.

제동 참 나. 우리 엄마한텐 내가 더 잘생겼어요.

엄마 어느 날 아들이 와서 "엄마, 친구들이 나보고 못생겼대" 하기에 엄마한테는 네가 최고라고 다 데리고 오라고 했었죠.

제동 신영복 선생님이 쓰신 책에 이런 동화가 나옵니다. 아버지와 아들이 산을 오르다가 독버섯을 발견했어요. 아버지가 독버섯을 가리키며 아들에게 얘기해요. "잘 봐. 이게 독버섯이야. 천하에 쓸모없는 거야. 이것 먹으면 죽어." 그리고 지나가버리죠. 그 얘기를 들은 독버섯이 충격을 받고 그 자리에서 쓰러집니다. "나는 내가 이런 놈인 줄 몰랐어. 저렇게 예쁜 애를 죽일 수 있는 존재인 줄 몰랐어." 하면서요. 그때 옆에 있던 독버섯 친구가 어깨를 받칩니다. "아냐, 저건 식탁 위 얘기야. 인간의 논리야. 너는 내 친구야."
갑자기 이 얘기가 생각나네요. 읽다가 울었어요. 어머님이 독버섯 친구처럼 오랫동안 어깨를 받쳐 오시지 않았을까요?

쉽게 살아요

제동 방청 신청을 회당 만 명 정도 신청한대요. 오늘 여기에는 그중 500명 정도 오셨으니까 몇 분의 몇 정도 되는 거죠? 확률이 얼마인 거지? 계산이 안 되네.

청중 1만 분의 500.

제동 하하하. 예, 맞습니다. 어렵게 생각할 필요 있나요? 아버님이 정확히 말씀해주시잖아요. 1만 분의 500. 이렇게 쉽게 답이 내려지다니.

할머니의 잔소리

제동 공부가 쉬웠으면 좋겠다 하는 사람? 거기 잠깐 일어나 볼래요? 앉아서 하는 게 편해요?

학생 거기서 거기인데.

제동 그렇지, 거기서 거기지. 하하. 오늘 녹화 끝나면 '1만 분의 500'이랑 '거기서 거기'만 기억날 거 같아요. 지금 무슨 공부하고 있어요?

학생 중학교 공부요.

제동 아. 학교 다니면서 힘들어요?

학생 네. 과목이 좀 줄었으면 좋겠어요. 그리고 성적 때문에 할머니가 너무 스트레스를 많이 주세요.

제동 할머니가 뭐라고 그러세요?

학생 초등학교 때 안 그러다가 중학교 때 왜 갑자기 성적이 뚝 떨어졌냐고.

제동 그럴 때 기분은 어때요?

학생 솔직히 말해도 돼요? 좀 빡쳐요.

(청중들 웃음)

학생 똑같은 얘기를 계속 하세요. 그림 그리지 말고 공부해라. 게임 그만해라.

제동 공부도 하고 하는 건데도?

학생 아니요. 저 그림만 그려요.

제동 할머니 입장에서는 잔소리가 나올 법도 하겠는데요? 손녀를 엄청 좋아하실 거잖아요. 좋아한다는 건 어떤 걸까요?

학생 그냥 저 잘됐으면 하는 거겠죠.

제동 잘됐으면 한다는 건 기대를 하는 거잖아요?

학생 네.

제동 그러니까 좋아하는 만큼 기대도 커진 거예요. 할머니가 지나가는 아이한테 그렇게 하시진 않잖아요. 기대가 없으니까. 할머니가 무조건 맞다는 건 아니고요, 표현 방식을 좀 바꾸셔야 할 필요도 있겠지요. 하지만 잔소리 듣고 빡친 만큼 할머니도 빡쳤을 수 있는 거죠? 어떡할까, 퉁 칠까요?

학생 네. (웃음)

명절날, 이 한마디를 기억하자

청중 명절에 친척집에 가면 자꾸 곤란한 질문 하시고, 남들이랑 비교해서 너무 괴롭습니다.

요조 그럴 때 제가 발견한 방법이 있어요. 이 한마디만 계속 반복하시면 돼요. "그러게요."

(청중들 웃음)

제동 아하하하. 예를 들어서, 너 학교 졸업은 했니? 못했어 아직?

요조 그러게요…….

제동 연애는 안 하냐?

요조 그러게요?

제동 나 때는 안 그랬다, 더 열심히 살아야지.

요조 그러게요.

제동 너는 '그러게요'밖에 모르니?

청중들 그러게요!

제동 아~주 좋은 방법이네요. 그렇게 다 흘려버리세요.

매일매일 실전훈련

제동 어떤 걸 아줌마처럼 보인다고 하는 걸까요?

청중 제일 먼저 외모가 달라지기는 해요. 아이들이 먼저니까요. 놀이터에 가면 엄마들이 캡모자 눌러쓰고, 아이들은 똥머리 예쁘게 하고 나와 있어요. 저를 포함해서 대부분 아가씨 때는 지금보다 자기 몸에 투자를 많이 했었겠죠. 네일도 받으러 다니고…… 아이들은 너무 예쁘지만 누가 뒤에서 "아줌마!" 하고 부르면 저절로 뒤돌아보게 될 때 좀 슬프네요.

제동 뭔가 많은 의미가 담긴 말 같아요. 아이들 얘기하시면서 기뻐 보이기도 하고 수심이 깃드는 거 같기도 하고. 결혼 전과 지금 뭐가 제일 다릅니까?

청중 잠 못 자는 거죠. 결혼하기 전에는 저도 엄마가 밥 차려놓고 일어나라고 해야 겨우 일어났어요. 지금은 전날 새벽 1시에 잤건 2시에 잤건 아침 7시면 발딱 눈이 떠지고 아이들을 챙겨요. 아가씨 때는 엄마가 그렇게 소리 질러도 못 일어났는데 아기 낳고는 작은 "응애" 소리에도 벌떡 일어나면서 많이 달라졌다고 생각했죠.

제동 강풀 작가 만화 중에 「무빙」이라고 있어요. 거기서 북한 공작원하고 극중 주인공인 봉석이 엄마하고 싸우는 장면이 나옵니다. 공작원이 "당신은 예전에 훈련을 받았지만 우리는 계속 실전훈련을 받았기 때문에 당신은 나를 이길 수 없다"라고 해요. 그러고 나서 봉석이 엄마가 그 공작원과의 싸움에서 이기면서 말하지요. "아이와 함께 산 하루하루가 엄마에게는 실전이었다. 아이를 지키기 위해서 나는 무엇이든 할 수 있다." 갑자기 그 대사가 떠올랐어요.

아줌마가 되어서 행복한 순간

제동 '이럴 때는 아줌마 된 게 행복하다' 하는 순간 있습니까?

엄마 저는 어린아이들 키우는 고충을 듣다 보니 조금 부러워요. 아이가 대학생이 되었는데 지나고 보니까 아이의 어린 시절이 너무 빨리 지나가버린 것 같고, 맘껏 붙어 있을 수 있었던 그 시간이 그리워요. 키워놓으니까 같이 밥 먹을 시간도 별로 없어서 혼자만의 시간이 많아졌어요.
그런데 또 감사한 것은…… 제가 이 프로그램을 놓치면 다시보기로 보거든요. 딸이 지방에서 학교를 다니는데 그걸 기억하고 있었던 거예요. 그래서 여기 방청 신청을 계속 했대요. 몇 번 떨어지다가 이번에 되어서 같이 오게 됐어요.
그리고 제가 전화해서 힘들다고 하면 아이가 "엄마 그럴 수도 있어. 괜찮아"라고 하는데 저에겐 정말 위로가 돼요. 힘들 때 그냥 괜찮다고 해주는 것이요.

제동 옆에는 아드님이신가요?

엄마 딸 남자친구예요.

딸 엄마가 제동이 아저씨 좋아한다고 했더니 앞에서 보여드리고 싶다고 남자친구가 오전 11시부터 와서 줄 서 있었어요.

제동 야. 멋지네. 어머님이 약간 신세한탄처럼 시작하시다가 끝엔 엄청 자랑으로 끝내셨어요. 딸은 엄마 얘기 들으면서 어때요?

딸　뭐라고 해야 할까. 엄마가 좋아하면 저도 기쁘니까 하게 되는 거 같아요. 엄마가 슬프면 저도 같이 슬퍼지니까 좋은 것만 하고 싶고요.

아들과의 시간을 되돌리고 싶은 아빠

아빠 가족들이랑 멀리 떨어진 곳에서 살고 있습니다. 한 달에 한 번, 어떤 때는 두 달에 한 번 올라와요. 그런데 떨어지게 된 계기가 제 옆에 있는 큰아들입니다. 큰아들과의 갈등을 피하고 싶은 마음 때문에 직장을 지방으로 옮겼거든요. 그런데 이제는 아들의 과거 시간 속에 들어가서 마음을 읽고 싶은 생각이 점점 강해집니다.
제가 아버지 없이 어머니 손에서 아주 엄하게 컸어요. 그걸 아들에게도 똑같이 혹독하게 훈육을 했었죠. 잘못하면 때리기도 하고. 그런데 그게 아들에게는 크게 상처가 되었나 봅니다. 그 당시에는 몰랐어요. 아이는 중2 때부터 방황했고, 저도 학교 상담 프로그램 참여하면서 관계 개선에 힘써 봤는데…… 잘 안되더라고요. 그래서 이렇게 한 공간에 있으면 아들이 계속 숨 막혀하겠구나 싶어서 제가 떠났습니다. 아내는 아직도 돈 때문인 줄 압니다. 이제 햇수로 4년이 됐고요.
그 와중에 제 소원은 아들한테 문자 한 번 먼저 받아보는 거였는데, 제가 먼저 문자를 해도 아들은 답장도 안 하고 전화도 안 받아요. 아들 마음속에 들어가서 아빠를 어떻게 생각하는지 알고 싶습니다. 더 늦기 전에요.

제동 아드님은 이런 얘기 듣는 거 처음이에요?

아들 아뇨, 여러 번 들었어요. 어릴 때 잘 못해줘서 미안하다는 이야기들…….

제동 이런 말을 들으면 어떤 생각이 듭니까?

아들 제 마음이 더 아파요. 어릴 때 제가 더 잘했으면 아빠가 저런 생각에 시달리지 않았을 텐데 하는 마음이 들고요.

제동 아, 이제는 아빠랑 괜찮은 거예요?

아들 어릴 때는 아빠가 많이 무서웠거든요. 그런데 지금은 안 그래요. 충분히 좋은 아빠고, 친구 같은 아빠라고 생각해요.

제동 이런 말씀 드린 적 있었나요?

아들 아니요. 이렇게 마음속 얘기 꺼내본 적은 없어요.

제동 더 해드리고 싶은 얘기 있어요?

아들 그냥…… 너무 0점짜리 아빠라고 생각하지 마시고, 좋은 아빠라는 자부심을 가지셨으면 좋겠어요.

(청중들 박수)

김원춘(게스트) 지금 아버님 한 번 불러볼래요?

아들 아빠!

김원준 저는 그게 너무 부러워요. 3년 전에 아버지가 돌아가셔서 이제 그 호칭을 쓸 일이 없어졌거든요. 제가 서울예대 들어가고 가수 하겠다고 했을 때 아버지가 제일 싫어하셨어요. 아버지랑 마주치면 맨날 싸우니까 피해만 다녔고요. 제가 대중들의 관심과 사랑을 받을 때도 아버지는 무관심하셨고, 사내놈이 할 일이 없어서 얼굴에 분칠하느냐고 하셔서 혼자 되게 많이 울고 삭혔어요.

그런데 언젠가 아버지 차 옆을 지나가는데 엄청 더럽더라고요. 세차라도 해드려야겠다 하면서 차에 딱 탔는데 CD플레이어에서 제 노래가 나오는 거예요. 아버지는 그런 존재인가 봐요. 말씀은 그렇게 하셨는데 가장 많이 응원해주시고, 제 길을 똑바로 가기를 바란 분이 아니었나 생각해요. 지금 정말 행복하신 거예요. 그리고 앞으로 더 행복하시길 바라요.

나에게 하루가 주어진다면
누군가와 이렇게 보내고 싶다

sketchbook

혼자 자유로운 영혼으로 보내고 싶다

보길도로 가족 여행

남편과 엄마아빠 산소에 가고 싶다

친정아버지와 여행가야겠다

평소 하던 대로 살고 싶다

김제동 오빠랑 술 마시기

부모님과 솔직한 대화 나누고 싶다

그녀와 미친 듯이 놀고 싶다

김원춘

제가 참 재미없게 살아요. 낭만도 열정도 없어진
스스로에게 불만이 생겼어요. 하루가 저에게 주어지고
원하는 대로 하게 내버려둔다면 다 내려놓고 싶어요.
광란의 하루를 보내고 싶습니다.

묵묵한 사람들

제동 방금 왜 갑자기 사진을 찍으신 거예요?

청중 군대에 있을 때 TV에서 보던 분들을 직접 뵈니까 신기하고 반가워서 그때 생각이 나서요.

제동 아, 특히 언제가 생각났어요?

청중 전역하기 전에 강원도로 파견 가서 지뢰를 캤거든요. 저랑 동료들이 많이 힘들어했었는데…… 그때 했던 사회에 대한 갈망이 떠오르네요.

제동 지뢰를 발견하고 제거하는 작업을 하셨군요. 엄청 두렵지 않았어요?

청중 음…… 처음에 거기 가게 됐을 때 집에 말씀을 안 드렸어요. 위험한 작업이라 한쪽 다리는 걸고 간다는 생각이 들어서요. 그런데 서류상 문제 때문에 부모님한테 연락이 가더라고요. 어머니, 아버지 연락처 중에서 선택하라고 해서 미리 아버지께만 말씀드렸어요. 어머니께는 비밀로 했다가 다 끝나고 말씀드렸고요.

제동 아버님은 뭐라고 하시던가요?

청중 남들 다 하는 거라고. 하하.

제동 아하, 그러니까 너무 걱정하지 말라고?

청중 말씀은 그렇게 하셨는데 갔다 와서 뵀을 때는 고생했다면서 소주 한잔 사주시고 그랬어요.

제동 소주 한잔…… 아버님도 드시고 싶으셨나 보다. 얼마나 마음을 졸이셨겠어요? 남들 다 하는 일이라니요. 안 하고 못 하는 사람이 훨씬 많잖아요. 진짜 큰일 한 거죠. 말로만 나라를 위하는 게 아니라 이런 분들이 진짜 애국자네요.

불금마다 술 권하는 부모님. 저 고3인데!

딸 　부모님이 평일에는 일하느라 바쁘시고, 주말에 쉬시는데 그게 금요일 밤부터 시작돼요. 그때 술을 드시다 보면 저한테도 권하시는 거예요. 저는 술이 맛없어서 안 먹겠다고 하는데 제가 같이 마시는 게 부모님 삶의 낙이라고 하셔가지고 안 마실 수가 없어요.

제동 　하하. 옆에 어머님이 얼굴이 하얘지셨어요. 주로 누가 먼저 권하시죠?

딸 　비슷해요 두 분이. 어떤 때는 엄마가 먼저, 어떤 때는 아빠가 권하시고요.

제동 　어머님, 말씀해보실래요?

엄마 　안녕하세요.

제동 　네, 우리는 안녕합니다.

엄마 　사춘기가 되면 호기심이 많잖아요. 밖에 나가서 먹고 다닐까봐 집에서 미리 먹여봤어요.

제동 　술이 싫다는데도요?

엄마 　집에서 먹어봐야 밖에서 조절하죠. 그리고 이젠 자기도 좋다고 잘 먹어요. 같이 먹으면 재미있어요.

제동 어떤 게 재밌나요?

엄마 애들이 크니까 가족끼리 대화가 없어지는데, 한잔 먹으면 속에 있는 말도 하고 이런저런 얘기를 많이 하죠.

아빠 저희가 장사를 해서 바쁘다 보니까 친구들도 못 만나요. 그래서 주말 밤에만 아내하고 항상 술을 먹게 됐어요. 처음엔 딸도 호기심에 좋아하더니 이젠 싫어해서 요즘 잘 안 줍니다.

엄마 너 그래도 조금만 먹어.

제동 뭐라고요?

엄마 아예 안 먹으면 재미없으니까 조금씩만 먹으라고.(웃음)

제동 엄마, 아빠가 엄청 같이 얘기하고 싶으신가 보다.

딸 제가 평소엔 무뚝뚝해요.

제동 술 먹으면?

엄마 잘 웃고 말도 많아져요.

제동 아, 따님이 웃고 말 많이 하는 게 좋아서 그러셨구나. 엄마, 아빠한테 평소에도 그렇게 해주면 어때요?

딸 좀 힘들어요. 성격이 좀 그래서.

서천석 가족끼리 소통하려고 시간을 만든다는 건 정말 좋아 보여요. 그런데 따님은 표현하는 것에 변화를 좀 꾀할 필요가 있는 것 같아요. 지금 웃는 표정도 자연스럽게 예쁘고, 톡투유에 사연을 보낼 정도로 적극성이 있잖아요? 술 마셔야만 부모님께 속내를 얘기하는 건 좋지 않아요. 살면서 가족뿐 아니라 친구나 애인한테도 하고 싶은 말이 생길 텐데, 그때마다 술을 마실 수는 없잖아요? 술의 힘을 빌리지 않아도 자기 표현을 할 능력이 얼마든지 있어요. 부모님도 술을 먹지 않은 상태에서 유머러스한 분위기를 만들어주고 자연스럽게 얘기하는 것을 도와주시면 좋겠고요.

우리 엄마가 최고인 이유

제동 엄마랑 따님이랑 둘이 오셨네요?

엄마 네, 딸이 남친이 없어요.

제동 따님 남자친구 없어서 걱정되세요?

엄마 아니요. 좀 더 있다가 생겨도 돼요.

제동 따님 자랑 한마디?

엄마 착하고, 예쁘고, 엄마 마음 잘 알아주고, 자기 생활 열심히 하고. 그 이상 더 있어야 돼요?

제동 아뇨~ 없어도 돼요. 그런데 왜 딸 얘기만 해도 눈물을 흘리려고 하세요?

엄마 제가 눈물이 좀 많아서…….

(옆에서 엄마 따라 우는 딸)

제동 아니, 따님은 또 왜!? 저는 아무것도 하지 않았어요. 따님에게는 어떤 어머니세요?

딸 친구처럼 소통하면서 제 마음 이해하려고 노력 많이 해주시는 좋은 엄마예요.

제동 '이럴 때 우리 엄마가 최고다' 하는 순간?

딸 내 엄마라서…… 그냥 내 곁에 있어서 최고예요.

Bread!

요조와 옥상달빛이 들려준 노래들

Pilot
연애

노래 요조
원곡 들국화 〈걱정 말아요, 그대〉
요조 〈연애는 어떻게 하는 거였더라〉, 산울림 〈너의 의미〉

Episode 01
폭력

노래 요조
원곡 요조 〈내가 말했잖아〉
요조 〈The Selfish〉
이상은 〈둥글게〉
원준희 〈사랑은 유리 같은 것〉

Episode 02
나이

노래 요조
원곡 오승근 〈내 나이가 어때서〉
양희은 〈내 나이 마흔 살에는〉

Episode 03
돈

노래 요조
원곡 10cm 〈우정, 그 씁쓸함에 대하여〉
2AM 〈이 노래〉

Episode 04
선택

노래 옥상달빛
원곡 옥상달빛 〈희한한 시대〉
옥상달빛 〈수고했어 오늘도〉
성시경 〈두 사람〉

Episode 05
결혼

노래 요조
원곡 요조 〈그런 사람〉
사람또사람 〈결혼은 미친 짓이다〉

Episode 06
편견

노래 요조
원곡 심수봉 〈남자는 배, 여자는 항구〉, 패닉 〈왼손잡이〉

Episode 07
밥

노래 요조
원곡 윤종신 〈팥빙수〉, 박학기 〈비타민〉

Episode 08
중독

노래 옥상달빛
원곡 옥상달빛 〈가끔은 그래도 괜찮아〉, 최성원 〈제주도 푸른 밤〉
옥상달빛 〈옥상달빛〉

Episode 09
여자

노래 요조
원곡 이소라 〈시시콜콜한 이야기〉, 문주란 〈남자는 여자를 귀찮게 해〉

Episode 10
남자

노래 요조
원곡 유재하 〈내 마음에 비친 내 모습〉, 캔 〈내 생에 봄날은〉

Episode 11
공포

노래 요조
원곡 요조 〈Mr. Smith〉, 포미닛 〈미쳐〉

Episode 12
실수

노래 요조
원곡 쿨 〈운명〉, 솔리드 〈천생연분〉

Episode 13
휴식

노래 요조
원곡 요조 〈뒹굴뒹굴〉, 박명수 〈바다의 왕자〉

Episode 14
2

노래 요조
원곡 서울대트리오 〈젊은 연인들〉, 젝스키스 〈커플〉

Episode 15
분노

노래 요조
원곡 브로콜리너마저 〈졸업〉
자우림 〈미안해 널 미워해〉

Episode 16
비정상

노래 요조
원곡 DJ DOC 〈DOC와 춤을〉, 선우정아 〈뱁새〉

Episode 17
취하다

노래 옥상달빛
원곡 윤상 〈달리기〉, 옥상달빛 〈Another day〉

Episode 18
친구

노래 요조
원곡 이연실 〈목로주점〉, 나미 〈영원한 친구〉

Episode 19
전쟁

노래 요조
원곡 김광석 〈바람이 불어오는 곳〉, John Lennon 〈Imagine〉

Episode 20
시간

노래 요조
원곡 윤미래 〈As time goes by〉, 이문세 〈조조할인〉

Episode 21
집

노래 옥상달빛
원곡 산울림 〈어머니와 고등어〉, 옥상달빛 〈가장 쉬운 이야기〉

Episode 22
처음

노래 요조
원곡 김건모 〈첫인상〉, 티아라 〈처음처럼〉

Episode 23
벽

노래 요조
원곡 김윤아 〈담〉
코리아나 〈손에 손잡고〉

Episode 24
말

노래 옥상달빛
원곡 윤상 〈달리기〉, 노영심 〈Thank you〉, 이영훈 〈일종의 고백〉

Episode 25
나

노래 요조
원곡 요조 〈나의 쓸모〉, 김장훈 〈나와 같다면〉

「톡투유」에서 있었던 일

톡투유의 소통 방식1
하고 싶은 말이 있으면 손을 번쩍 듭니다. 그러면 어느새 MC 김제동이 다가가 무릎을 꿇고 마이크를 들이대죠. 때로는 손을 들지 않았는데도 대화가 시작되곤 합니다.

톡투유의 소통 방식2
톡투유의 하이라이트! 청중들은 그날의 주제에 대해 하고 싶은 말을 스케치북에 적어봅니다. 그러고 나서 번쩍 들면, 또다시 MC, 패널들과의 대화가 시작됩니다.

톡투유의 소통 방식3
때로는 MC의 얼굴도 그려봅니다.

톡투유의 소통 방식4
주제와 상관없이 하고 싶은 말도 마음껏 적어주세요.

25쪽

녹화 현장을 다녀간 청중들은 말합니다. "함께 간 사람과 두런두런 이야기를 나누며 스케치북에 뭔가를 끄적이던 시간 그 자체가 치유였다"고.

26쪽

'이렇게 쉽게 즐겁던 순간'을 써보자고 했을 때, 가장 많이 나온 답변은 단연 "퇴근할 때(!)"였습니다.

28쪽

입사 한 달차 신입사원이 휘갈겨 쓴 한마디.

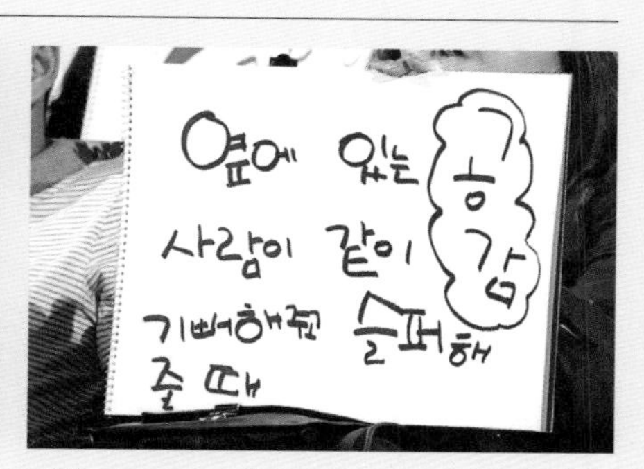

47쪽

매주 네 시간 이상씩 이어지는 녹화장에서 가장 많이 언급되는 단어는 '공감'입니다.

54쪽
택배 기사님이 안 오는 날은 외롭다는 소녀에게 보내준 택배 인증샷.

70쪽
"못생겨지고 있는 게 고민"이라던 소녀.

114쪽
'여자로 태어나서 좋은 점'을 묻자 많은 사람들이 환하게 웃으며 "우리 아이의 엄마가 된 것"이라고 말했습니다.

130쪽
"모두들 자신의 미래를 불투명하게 본다"고 하소연하던 학생이 선물한 그림. '꿈에서 나는 거인이었다.'

132쪽
작년부터 농사를 짓기 시작한 스물네 살 청년이 보내온 사과나무 인증샷.

151쪽
이 날은 둘째의 서러움, 은메달의 아픔, 둘이라는 느낌 등 숫자 '2'를 주제로 다양한 이야기를 나눴습니다.

190쪽
'이런 밥 먹고 싶다'에 대한 답변 중 MC 김제동이 가장 부러워하며 감탄사를 내뱉었던 것은 "와이프와 치맥!!!"

「톡투유」의 문을 두드려 주세요
"당신의 이야기가 대본입니다."

톡투유, 그 인상 깊은……

– 이민수, 「김제동의 톡투유」 프로듀서

#1 바른 마음

예정대로라면 이 책의 출간 시점은 「김제동의 톡투유」가 시작된 지 1년쯤 되는 때일 듯하다. 벌써 1년. 2014년 11월 20일에 김제동을 처음 만났다. 매우 한가해 보였던, 물론 그래 보였을 뿐 실제로는 엄청 바빴겠지, 김제동과 전혀 한가할 겨를 없이 1년을 보낸 셈이다. 처음 만났을 때 김제동은, 몸집은 작았지만 몸매는 다부졌고, 눈은 가늘었지만 눈매는 살아 있었고, 잇몸이 드러나긴 해도 말이 허투루 새지는 않았고, 걸음이 빠르지 않았지만 걸음마다 딛는 힘은 충분했다. 대화 끝에 그는 나에게 담배 한 개비를 권했고, 담배를 피우면서 책 한 권을 꺼내 보였다. 자신이 읽고 있는 책이라며, 읽어볼 만하다고. 그건 『바른 마음』이었다. 좋은 시작이었다.

#2 마음대로+참견='걱정 말아요, 그대'

두 달여, 무슨 이야기를 어떤 그릇에 담아야 할지 아이디어가 모아졌다. 모을 거리는 많았지만 일관되지는 않았다. 그러다가 하나 낚았다. "사람들의 마음을 읽고, 얼굴을 보고, 그들의 생각을 들어보자." 그게 다였다. 기획은 치열했으나 그게 다였다. 프로그램의 얼굴과도 같은 제목은 '마음대로(마음을 이어주는 큰 길)'였다가 '참견(참다운 의견)'이었다가…… 생각이 많아질수록 단순해지는 과정을 겪었다. 복잡한 계산이 단순한 본능보다 꼭 우월한 것은 아니었고, 그 어떤 기교보다 원초적 본능이 열등하지 않음을 새삼 느꼈다. 걱정 말고 김제동과 탁 터놓고 얘기해 봐요. 그대!

#3 대한민국 최초의 보도예능?

출생의 비밀이다. 방송에서 몇 차례 얘기해서 이제는 많은 사람들이 알고 있다. 방송 초기에 한번은 모든 기사에서 톡투유를 '예능'이라고 표현한 바람에 일일이 전화해서 수정 요청을 한 적도 있다. 보도라고요. JTBC 보도제작국에서 만드는 프로그램이니까. 뉴스를 제작하는 보도국과 형제지간인 보도제작국. 여기서 제작하는 게 뭐 그리 다르냐고 하겠지만, 다르다. 다룰 수 있는 이야기가 다르고, 다룬 이야기의 파장이 다르다. MC의 재치 있는 진행에 그치지 않고 사회과학, 자연과학, 통계학, 정신의학 등을 더한 것도 그러한 다름의 영역에서 비롯된 확장이었다. 처음부터 그렇게 진행했고, 진화하고 있다. 오늘을 사는 내 감정과 생각, 그리고 행동이 뉴스이고 진화이지 않을까.

#4 청중은, 그들은 빛났다

첫 보도자료의 PD멘트에 이렇게 썼다. '청중 중심의 프로그램'이라고. 그런데 그게 뭐냐고 묻는 이들이 있었다. 또 어떤 이들은 그게 뭐 차별화된

전략이냐고 대수롭지 않게 넘겼다. '청중 중심'은 낯설었거나 별 관심 없다는 말일 거다. 그냥 그렇고 그런……. 콘셉트는 그랬는데 실제로 어떤 액션을 취해야 할지 나 역시 혼란스러웠고 흔들리기도 했다. 쉽지 않았다. 첫 녹화가 끝나고 내 곁의 모든 사람들도 그랬던 것 같다. 소통하는 프로그램이 될 것 같다고 흔쾌히 출연 승낙을 해줬던 패널들에게 눈치 보이긴 마찬가지였다. 그런데 퇴장하는 바로 그들, '청중'만큼은 들떠 신나했고, 뒷담화(?)는 쉽게 멎지 않았다. 자신들의 이야기였고, 우리들의 생각이 통했던 자리였을 것이다. 그렇다고 쉬이 선명해지지는 않았다. 파일럿 방송이 시작될 때까지도 희미했다. 방송 관계자들은 이해하겠지만, 계속되는 편집 과정은 마치 지우개로 지우다 지우다 결국 시험지가 찢어지는 것과 같은 심정일 것이다. 찢어지지 않을 만큼만. 2015년 2월 20일 밤 9시 30분. 방송이 끝났고, 청중은 빛났다. 선명하지 않았지만 빛이 보였다. 그쪽으로 간다. 이 글에 얹어 매회 3백~7백 명씩 참여해주신 모든 분들에게 감사한 마음을 전한다. 그 일부분이 이 책 속에 담겨서 기분이 참 좋다.

#5 가만히……

「톡투유」를 하면서 좋아하게 된 단어가 있다. '가만히'다. "보고만 있으니 보자기로 보냐, 가만히 있으니 가마니로 아냐"는 세상말도 있고, 욕심껏 드러내지 않으면 뒤처질 것 같은 시류 탓도 있어서 가만히는 썩 내키지 않는 말일 텐데, 들리는 느낌 그대로 따라 해보면 참 좋다. 가만히 있는 사람을 가만히 바라보면 참 좋다. 가만히 바라보면 그때서야 사람이 보이기도 하니까. 그래서…… 가만히 바라봐주시는 시청자와 「톡투유」의 태동을 물심 지원해주신 JTBC 임직원들께 다시 한 번 감사하고, MC와 패널, 그리고 제작진이라는 이름을 가만히 지켜주고 있는 연출, 작가, 스태프, 이들의 가족들 모두에게 감사한 마음이다. 1주년을 기념할 즈음에 이 책이 엮어져서, 가만히 독자들을 만난다는 건 올해 들어 가장 인상적인 일로 기억될 것 같다. 앞으로도 "걱정 말고 탁 터놓고 얘기해요, 그대!"

김제동과 사람들, 다정한 위로를 건네는 시간

걱정 말아요, 그대

초판 1쇄 2016년 4월 25일
21쇄 2021년 8월 30일

글 | JTBC「김제동의 톡투유」 제작팀
그림 | 버닝피치

발행인 | 이상언
제작총괄 | 이정아

발행처 | 중앙일보에스(주)
주소 | (04513) 서울시 중구 서소문로 100(서소문동)
등록 | 2008년 1월 25일 제2014-000178호
문의 | jbooks@joongang.co.kr
홈페이지 | jbooks.joins.com
네이버 포스트 | post.naver.com/joongangbooks
인스타그램 | @j__books

ISBN 978-89-278-0756-8 03810

우리 다함께 노래합시다.

후회 없이 꿈을 꾸었다 말해요.